天性如此

兴安 著

中国纺织出版社有限公司

内容提要

本书是作家兴安的散文选集。第一部分是关于自然、生态、故乡的描绘和思考；第二部分是对当代艺术的感悟，尤其是对文人书画的认识和解读；第三部分是文学回忆和文化人物的聚焦。在感性与理性的交互融会中，兴安以沉静的倾听、从容的交流，谦和地证明自己的存在。有立场有取向，但更多的是映衬在篇章文脉整体肌理之间的态度与思考，字里行间饱含真情。书中所有绘画和书法之作皆出自兴安原创，展现出在文、书、画领域的独韵与个性。

图书在版编目（CIP）数据

天性如此 / 兴安著 . -- 北京：中国纺织出版社有限公司，2024.5
ISBN 978-7-5229-0552-5

Ⅰ.①天… Ⅱ.①兴… Ⅲ.①散文集－中国－当代 Ⅳ.①I267

中国国家版本馆CIP数据核字（2023）第075421号

责任编辑：向连英　　特约编辑：郭妍旻昱
责任校对：寇晨晨　　责任印制：储志伟

中国纺织出版社有限公司出版发行
地址：北京市朝阳区百子湾东里A407号楼　邮政编码：100124
销售电话：010—67004422　传真：010—87155801
http://www.c-textilep.com
中国纺织出版社天猫旗舰店
官方微博http://weibo.com/2119887771
北京华联印刷有限公司印刷　各地新华书店经销
2024年5月第1版第1次印刷
开本：880×1230　1/32　印张：7
字数：108千字　定价：59.80元

凡购本书，如有缺页、倒页、脱页，由本社图书营销中心调换

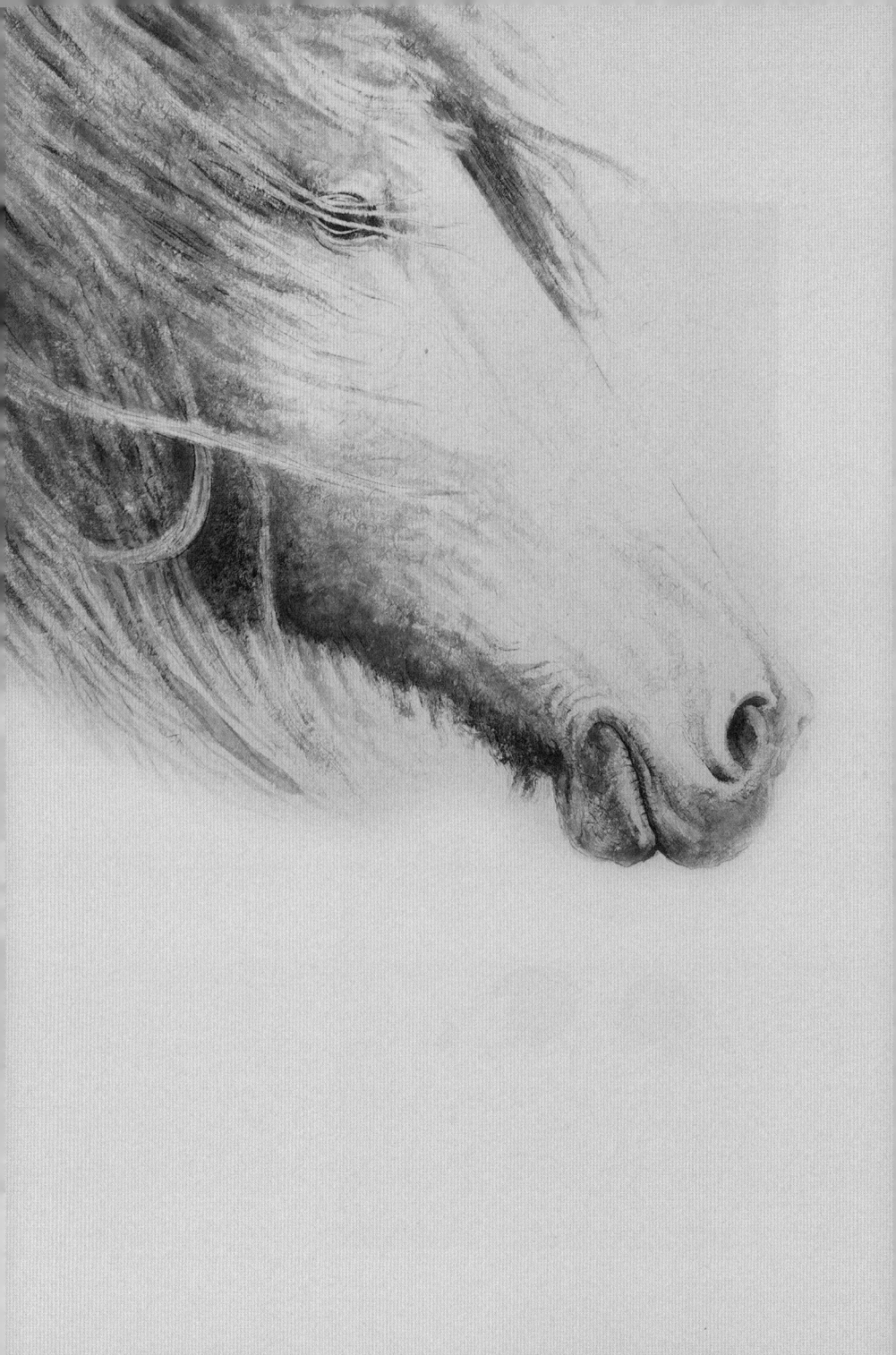

空山卧马图　纸本水墨

青山白马图　纸本设色

阿帕卢萨马　纸本设色

塞布尔岛野马　纸本设色

饲马图　纸本设色

引马图　纸本设色

骷髏系列一　生死　水墨作品

骷髏系列二　涅槃　水墨作品

一笔诗意一笔墨

戊戌年秋,二十余位中外作家齐聚广东观音山国家森林公园,载歌载舞之余,王羲之"兰亭盛会"景象突映脑际。机缘巧妙,何不效"兰渚山"之乐,邀诸作家以书画之技助兴?

古有文人王羲之、苏轼、王维、唐寅等能文善画,今亦有兴安、王祥夫、叶梅、李浩、张瑞田等能文善画。观音山国家森林公园黄淦波董事长闻之大喜,迅速安排,条案毛毡,笔墨纸砚,样样俱全。大厅内,作家中好书画者兴致勃勃,纷纷蘸墨运笔:画虫者,左手把酒右手挥毫,一只小翅细腻如丝;有书者,"大江东去",狂草如歌;画山水者,奇峰竞秀,跃然纸上……

夜半月朗,书者、画者,各展其技,兴趣盎然,观之悦心,随口吟出——

作家书画香满坡,
一笔诗意一笔墨。
举杯望月邀羲之,
文人书画有衣钵!

此情此景,"作家好书画"之意境,嵌入心底。

回首 2014 年,时逢《民族文学》少数民族文字版改版,为使杂志封面设计和内容皆与大刊相符,开拓创新乃唯一路径。结合前些年创办《中国化工报·文化周刊》的经验,版面的美化以图文并茂为佳,而将此法移植到杂志上,须加以改革、创新,将作家的文学作品配之自己的书画作品同时刊出,达到"文与书画两相宜",真正做到文章书画的结合相得益彰,如此创意还属首次。于是,环视作家中能文善书画之大家,首先向两届茅盾文学奖获得者张洁女士、中国文联副主席冯骥才先生、中国作协副主席贾平凹先生说明创意并发出邀请,每人选一篇自己的精美短文,配上十幅自己的书法或画作,形式不拘一格。如此打造的新刊,犹如"大姑娘上轿",围观者众也。

悠悠数载,凡举办采风活动亦必邀作家中好(hào)书画者和书画家同往,酒过三巡,星月满天之际,书画笔会便成为每次采风活动的亮点及保留项目。

一日,望着书画家们忘情挥毫,看众人围观索要书画场面热烈,忽生一念,若组织作家中文笔书画俱佳者出一套图文并茂的散文集,定会大受追捧。

此念萌生,立即行动。2023 年一个春光烂漫的日子,与中国纺织出版社有限公司的编辑一拍即合。凡满足以下要素者,方可入选"作家好书画"集:此书画者须是作家身份;书画要有作家趣味;艺术作品不以追求价值为目的,贵在不像之像的神似;凡书画作品乃为文学作品之延伸或曰万丈豪情寄于山水花鸟;作家之特点每篇作

序·一笔诗意一笔墨

品杜绝自我重复,其书画艺术需秉承文学创作之创新理念,皆通过作家笔墨创作出会说话、巧思考、有新意、别具一格的书画作品,配之美文,此集风格独特,文与书画相得益彰,可谓出版新风尚。

"众里寻之千百度",兴安、王祥夫、叶梅、李浩、张瑞田五位大家的散文与书画作品珠联璧合,特色彰显,成为"作家好书画"第一辑的受邀者。

组织书稿时,边赏边赞,五位作者不愧为大家,以文而言,小说散文皆得心应手;以书画而论,四位擅画,一位擅书,皆为业界翘楚。

作家兴安的散文创作一直突显直观、率性的特点,让读者感受到一个蒙古族汉子内心傲视生活、敬畏草原的精神世界。他以画马在文坛、画界声名鹊起。究其根由是在中学时期练就了扎实的绘画功底,使其创作在写实和抽象、工笔与写意的转换中游刃有余,其独创的抽象性极强的各种姿态的马,辨识度很高,表现了自然与生命的深刻要义,每幅作品都让人驻足久观,透过其潇洒的笔墨,深悟其奥。

作家王祥夫是鲁迅文学奖获得者,将散文创作的视角投射到日常生活中,以犀利的目光探寻人性,用文字描写中华民族历史文化记忆。他以描写特定场景为主题所创作的《绿皮火车穿过长夜》,文中藏画,画中显文。其文如画,信手拈来,不刻意为文,皆从生活中、性情中、思想中流淌而出,是非"作"之举,是一种独特的生命体悟。

作家叶梅以生态为主题创作的《知春集》,以对生态环境的细致观察立经纬,运用清新自然的文字,寻找、挖掘人性中本真的美。叶梅《知春集》中的插画别具一格,梅花之美不在花艳,而在梅格。从叶梅的画中恰能看出画中深意,那正是一种梅花气质,使人深刻的领略到深刻的人生意义。物质、金钱或将化归尘土,唯有文章书画之精髓可流传于世。

作家李浩是鲁迅文学奖获得者,《在记忆、行走和思考之间》这部散文集中,他以新锐的视角去解读现实生活,赋惯常予新奇,在他的笔下,树、瓷、蜜蜂、狐狸和兔子不仅闪现生命之光,还透着缕缕哲思的痕迹。李浩在书中的插画文人气质浓郁,其中多是临摹黄宾虹、朱耷、石涛、沈周,但个人特点清晰,他将古典的雅致、妥洽、安静,以及重笔墨、重意趣的诉求,乃至对空白处的苦心经营都纳入自己的作品中,使画面的表现力更为丰沛。

作家张瑞田以艺术记趣为主色调创作了《且慢》散文集,以侠气素心著称,且书且文,引领读者走进文人的斑斓世界。张瑞田少年学书,问古临帖,伴随他的生命成长与文学写作。因此,在他的书法中能够领悟到氤氲的书卷气,以及日渐稀少的文人品格。他的隶书倾向"朴实",在其隶书中,没有头重脚轻的结构颠倒,也不刻意营造一个字与一幅字的视觉冲突,沉稳中显露泰山之气。

五人风采,观之甚喜,效昔日文人之情怀,展当代作家之才艺,文章书画巧融一体。心潮澎湃之际一段文字涌出心底:

雄鸡不常鸣,一日只一啼,但却让黑夜变成了白天。

绘画不说话,文字默无声,但却让观赏者感慨万千。

张张素纸,笔走龙蛇,让汉字与山川有了想象空间。

行行宋体，铅华无饰，文善事善内心充盈锦瑟无端。

"作家好书画"且文且书且画，以这般整体而新颖的形式隆重出现在广大读者面前，如一缕檀香，渐侵脏腑。画淡了封面，晕开了文章，以画为幕，以文为歌，序幕入眼，尾声入心。随着"作家好书画"的问世，激发读者对"新文人"的推崇，由此，可窥见作家文字以外的"心灵与技能之光"。

南宋邓椿《画继》中言："画者，文之极也。"作家画家历来强调文学修养，而邓椿的理论则是把文学修养强调到了极致，认为绘画不仅仅是技艺，而且是人文之极。这可谓中国作家书画的点睛之句，用到兴安、王祥夫、叶梅、李浩、张瑞田诸君身上，恰如其分。把文学作品不易表现、内心表达无法张扬的情境，以风趣的书法，灵动的画面，呈给读者赏鉴，携士气、文气、灵气、笔气、墨气而出，凝目而思时，或精神外延，或暗含深邃……

正所谓，抚其书，一泓清溪沁润肺腑；览其文，襟胸顿阔流连难舍；犹舀一瓢"真水"，涤目清心；似取一抔"厚土"，育善养德；亦餐一顿药膳，身心俱健。惟此、惟此，幸甚、幸甚。

是为序。

赵晏彪

北京语言大学国际写作中心　会　长

《中国文艺家》编委会　主　任

作家好书画·书系　总策划

2023年9月于三境轩

目录

天性如此

- 在普者黑看见一匹马 003
- 根河,期待世界的目光和拥抱 017
- 我不是画马的人 027
- 静宁·彭阳人物记 030
- 乌兰哈达:观看自然的方式 039
- 迷人的杭盖,乌兰毛都草原 043
- 蒙古包:真实的与想象的 055
- 从黎里到芦墟:两种时空的转换 059
- 「自然写作」三题 070
- 天性如此 077

得意而忘乎形

书生胸臆有经纶 081
每一个深刻的灵魂都需要一张面具 089
洗澡就是个节日 095
老车的画 099
冯秋子的画 101
咫尺之狂不输纸上 105
自得其乐，舍我其谁 109
得意而忘乎形 115
林那北与漆画的奇缘 118
「象征界」的奇观 123
身体对腐朽灵魂的一次震撼 127
凝视与眩晕 131
黑白梦与精神逃离 135

泪冷霜胡笛

一本杂志,三位先生	141
是浪漫主义者,也是理想主义者	155
泪冷霜胡笛	162
我愿与《草原》为伍	170
阿霞与她的草原	181
一本书,一场七个月的展览	190
「近古而远今」	195
马背上的骄傲	197
今天,我们都是科尔沁	199
我依然热爱着文学	204

青紫不攬芙蓉湘東月
照白馬當塗諦芽龍
冬弓逼束乾鶴亢

丁酉書題白馬岡
鶴卯正月啓功書

在普者黑看见一匹马

马在蒙古人的心目中,就是家庭成员之一,是不会说话的亲人。这句话道出了蒙古人与马的关系。

我虽然生长在城市,但对马的感情似乎是与生俱来的。那个年代,马车或者牧民骑马,还被允许走在我们那个小城的马路上。看着酒后的牧民歪坐在马背上打盹儿,随着马蹄踩踏石子路的声音,前后摇摆,我会咯咯地笑出声来。让我记忆深刻的是马的眼睛,在"蒙古五畜"中,马的眼睛是最接近人的眼睛的。羊的眼睛过于含混,牛的眼睛过于呆直,骆驼的眼睛过于缥缈,只有马的眼睛,让人感到亲近、熟识和生动,就像是蒙古女人的眼睛,充满了温情和善意。我当时看到那匹马的时候,发现它的眼睛像极了我在西索木草原上的一个姐姐。这只眼睛深深地印在了我的脑海,伴随着我进入了当晚的睡梦中。后来我把我的这一发现告诉了那个姐姐,她神秘地言道:"马的眼睛就是人的眼睛变的,小心哦,少看它,它会让人上瘾的。"她的话果然没错,我之后多次被马的眼神吸引,并且不自觉地长时间驻足观看。其中一次是在鄂尔多斯的苏泊罕大草原,同行的朋友都在屋里喝奶茶吃羊肉,我一个人跑出来,来到一匹被拴在木桩上的马的跟前,看了许久。马都有些害羞了,不停地绕着桩子转圈,逃避着我,我则一直跟随它,盯着它的眼睛,当然也包括它的臀部、四肢、马鬃和马尾。我后来用水墨画马,用心最多的就是画马的眼睛,眼睛画好了,整匹马的情态也就呼之欲出。

不久前,我在云南文山市的普者黑(彝族语意为盛满鱼虾的湖泊),一个彝族山寨,看见了一匹马。那天早上,我吃了早餐,一个人在村子里闲逛。这是一座经过旅游开发的山寨,时尚民宿与古老的房舍并存,彼此相连,新与旧,现代与传统,在这里得到巧妙地融合。寨子被水塘三面环绕,水中绽放着无数株鲜艳的荷花。四周没有人,水雾朦胧,仿若仙境。我走着走着感觉像走进了"桃花源",迷失了方向。我恍惚拐进了一条小巷。小雨刚过,巷中空无一人,除了远处传来的鸟鸣,一片寂静。冷不丁,从我前方的一个窗洞里伸出了一只马头。马向外拉伸着脖子,眼眸盯着我,像是一种召唤。我赶忙迎过去。这是一匹北方马，不是云南的滇马，颜色接近棕红色，虽不如西洋马高大，但是很结实，头颅健硕，胸宽鬃长。这一系列特征，尤其是它的眼睛，告诉我这是一匹蒙古马，而且应该是一匹漂亮的科尔沁蒙古马，因为在那熟悉的眼眸中我又看到了那位姐姐的眼神。我的心头一热，感觉在遥远的异乡见到了久违的亲人。在内蒙古草原上，马几乎是半野生状态，马群撒出去几天甚至一个月也不用管它，它们成群结队，自由地游荡在草原上，觅食撒欢，即使在白雪皑皑的严冬，它们也会用蹄子抛开厚雪，吃上被雪滋润的枯草。如果遇到狼的袭击，它会用坚硬的蹄子将狼的脑壳踢碎。而眼前的这匹蒙古马，却被关在空间窄小的楼洞里，只能从窗口伸出脑袋，呼吸新鲜的空气。窗洞原本是一个窗户，被主人卸掉了窗框，为了防止马越窗而出，窗沿还摞了几层青砖，马只能将下颚抵在青砖上，翕动着鼻翼向外张望。我有些心酸，想象它如何从几千里之外的草原背井离乡来到这里。它的心境如何？它想不想念它的故乡？那渴望的眼神，明明是希望有人将它解救出来。可是我只能呆呆地看着它，看着旁边大门上的锁头，无能为力。马似乎觉察了我的怯懦，无望地缩回头，转过身，咀嚼起马槽里的草料，将浑圆的臀部朝向我，浓密的马尾向我怄气似的甩动两下。可是，它一边吃着草料，一边还转过头，偷偷地瞄我一眼。那眼神在

在普者黑看见一匹马之一　纸本水墨

在普者黑看见一匹马之二　纸本水墨

黑暗中只是微弱的一闪，只有我能觉察到。

雨又下起来了。我准备离开，嘴里本能地冒出了一句告别的蒙古语"拜日泰"。可是当我走出差不多十米远的时候，突然听见身后一阵响鼻。我回过头，只见那匹马伸长了脖子，张开鼻孔，睁着溜圆的眼珠望着我。我急忙回身又来到它的面前。马见我回来，几乎将整个脖子伸出窗外，张开黑黝黝的鼻孔翕动着，喘着粗气，然后又深深地打了两个响鼻。我伸出手，试图抚摸它的前额，可是它下意识地躲开，用那只没被鬃发遮住的眼睛，哀怨地看着我。此时那只眼睛比刚才更亮，也更湿润和晶莹。我的眼睛也开始潮湿了，我捋了捋它的鬃发，感觉鬃丝很涩，油腻腻的，已经粘连成一片，就像是很久很久没有洗头的流浪汉。它晃动了几下耳朵，侧过身去。它大概是想让我为给它捋一下整个马鬃，或者抚摸一下它的腰背。但是，隔着窗洞，我无法伸过手去，这时，我看见从它的背部，一直到两边的肚子上，有两条很深的疤痕，这是长期驾辕拉车留下的印记。

雨下大了，我的衣服已经湿透，我不得不离开。趁它还没回过身，我悄悄地挪动脚步，但我的头侧着，用眼睛的余光观察那个窗洞。马的听觉是非常灵敏的，它能觉察任何风吹草动。我隐约看见它又伸出了头，和刚才一样的姿势，张大鼻孔，溜圆的眼珠望着我。

天性如此

我没停下脚步,拐进了一家烟酒小店。老板娘是一位彝族中年妇女,肤色黝黑,面容俊秀,目光明亮而热情。我买了一包香烟,然后向她打探那匹马的情况。老板娘告诉我,这匹马被主人买来已经很久了,具体多少年,她也记不清了,主要是用来拉花车的,就是那种旅游马车。可是这两年因为疫情,来这里旅游的人少了,所以马几乎天天被关在屋子里。我问,主人不常拉它出来遛遛或者代步骑行吗?在来这里之前,我查过资料,彝族人在历史上与马的关系,和蒙古人有很多相近之处,彝族谚语里就有"上山赶牛群为乐,出门骑骏马为荣"的句子。他们从小就练习骑马,每年都要举办火把节和赛马会。而且他们制作黑漆马鞍的技术也非常独到。刚到文山的时候,接待我们的是天保出入境边防检查站的陈警官,他的老家就是普者黑。他向我介绍了家乡的草马节。每年的农历八九月的属马日,村里的每一家人都要用茅草扎一匹马,摆在村口,以此祭奠祖先神灵。可老板娘的回答让我有些失落。她说现在我们这里的人很少骑马了,家家都有摩托或者汽车,如果不搞旅游花车,马真是一点用处也没有了。我沮丧地告别老板娘,感觉她说的马的遭遇就像是在说我自己一样难以接受。

我这几年画马,对马的历史、形态和现状都有过研究。我喜欢画非常态的马,奔跑中的马我画得很少,一个原因是这种姿态的马已经被前人画得太多了，没了新意，也没有挑战性。另一个原因是我发现，马其实更多的时间是静态的，低头吃草，或者在河边饮水，或者缓步行走。还有我喜欢卧马，尤其喜欢在草地上打滚的马，这是马最自在、最生动，也最难把握的姿态，古人称之为"滚尘"，我觉得特别有境界，它隐喻了中国文人蔑视权贵和世俗的性情，也表达了他们追求自由和洁身自好的理想。古希腊的色诺芬说过："马是一种美妙的生物。只要它展示出自己的光彩，人们就会目不转睛而不知疲累地看着它。"这句话契合了我对马的偏爱。但这句话是两千年前的古人说的，它在今天还有意义吗？有人曾预言，二十世纪是马的最后一个世纪。这是因为现代工业革命后，机器代替了马的很多功用，马的速度和高效的优势失去了，人与马的相互依存的共同体关系开始解体。马成了社会和历史进程中的"失败者"，就像文学史上的"多余人"一样，这是马这个物种的悲剧。但是，我还是要重复我在《风鬣霜蹄马王出》一文所引用的意大利人费班尼斯的话——既然我们已经不再需要马来确保我们的日常生存需要，那我们就去爱它们，了解它们。

　　临走，老板娘告诉我，明天是我们彝族一年一度的草马节，一定有不少游客会来，这匹马该派上用场了。我有点半信半疑。在走出小店的时候，我向不远处的窗洞看过去。窗洞空空，马再没有露

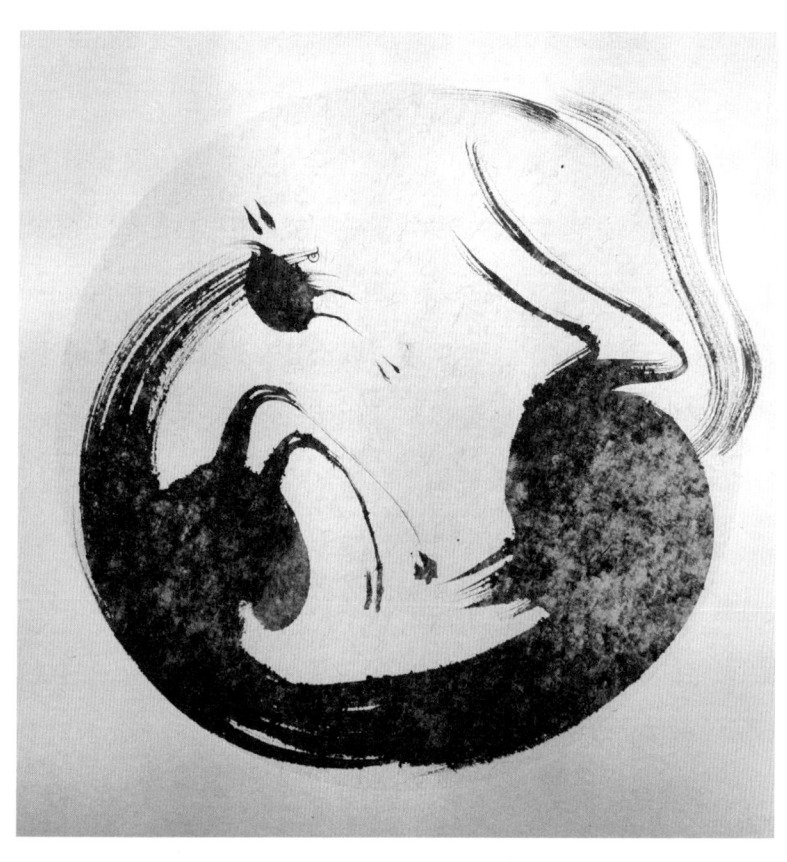

天圆地方系列之一　滚尘　纸本水墨

天圆地方系列之二 蓄势 纸本水墨

头,但我隐约听见马蹄刨地的声响。

第二天,我早早就来到村口,看着村民们将扎好的草马有序地立在路边的草丛里。草马的背部驮着用瓜叶做成的马篓,里面撒了灶火灰和野草籽。马身上插满了五颜六色的野花,有个头大的草马身上还插上了荷花和莲蓬。村民们互相打着招呼,比试着各自扎草马的手艺,昨天还沉寂的普者黑终于人声鼎沸起来。小孩子们淘气地在草马之间穿梭、奔跑、嬉闹,有的还想趁机骑在草马上,被大人嗔怪后跳开。我浏览了一圈这些草马,不得不赞叹这些村民的巧手和想象力,但是我更想看到真实的马——那匹被关在楼洞里的马。我站在路边,期待着马拉花车的到来。不一会儿,前方一阵喧哗,接着是一阵吆喝和马蹄声,我挤过人群看去,原来是一匹黄栗色的矮脚马,也就是我前面提到的滇马,拉的车是双轮马车,车上坐了五六个游客,车棚的顶部缀满了五颜六色的野花。这就是普者黑山寨远近闻名的旅游花车。我没画过黄栗色的马,这种颜色的马不多见,在内蒙古草原偶尔也才能见到。蒙古民歌中有很多关于马的歌,但多半是白马、枣骝马或者黑骏马,我记得有一首《扎鬃花的黄马》中唱道:"扎鬃花的黄毛马,缓缓迎面跑过来,呀——嗬咿。瓷碗美酒要斟满哟,欢聚赞歌唱起来,嗬咿。"这是一曲长调,在我几年前的画展闭幕式上,蒙古长调传承人乌仁其木格曾经现场唱过这首歌,歌词也只有用蒙古语唱才能品出它的韵味。眼前这匹黄栗色矮脚马让我想起了这首民歌，但是我有些不解，这匹马的鬃毛为什么被剪得整整齐齐，连刘海都是平的，像一匹骡子，没有了野性，甚至还有点滑稽。正在这时，前方一片喧哗，人群两面散开，站在路边翘首张望。只见一匹高大的棕色红马，扬着长长的黑色鬃发，缓步而来。最夺目的是马颈下的圆球形的红缨和胸前的金黄色的套包，在阳光下熠熠生辉。这种装饰和红色、金黄色的颜色对比，我以前只在唐代的绘画中见过。套包是马驾车的实用配件，有固定车辕的作用，而红缨在古代绝对是身份尊贵的象征，唐代人为它起了一个奇怪的名称——踢胸。那马步伐迈得很大，但速度却不快，仿佛就是为了让两边的人检阅、拍照，甚至欢呼。我终于认出来了，它就是我昨天还为它牵肠挂肚的那匹蒙古马。它似乎也在人群中看见了我，头稍稍往我的方向侧偏了一下，溜圆的眼珠看了我一眼，打了两声响鼻，一晃而过。我看到了它身后的四轮马车，还有坐在车内招手欢笑的人们。这真是一辆我在国内见过的最漂亮的花车之一，辕和车厢全部由金属制成，包括车轮的钢圈都被主人涂上金黄色，上面还绘着吉祥花纹，车棚是翠绿色，里外都挂满了粉红色的鲜花，花瓣还有绿叶映衬。花车匆匆而过，可我的脑海中依然闪现着那匹马的光彩和豪迈。在它的眼神中，我看到了自信和骄傲，而昨天窗洞中的哀怨和孤独，已经一扫而光。这一刻，我感到释然。

马作为被人类驯化最晚的一种牲畜（牛被驯化差不多九千年，羊大约一万年），伴随我们已经六千年。专家曾对比马与牛羊的饮食和消化系统的差异，还有身体构造及生活方式上的优势，确定了它与人类一样具有很强的适应能力。艺术理论家阿尔布莱希特·萨弗尔在《雕塑艺术：骏马和骑手的形象呈现》一书中写道："在所有的动物中，只有马有着悲伤的外表。"而"马之所以悲伤，是因为它不得不放弃它自己的意志和自由。"萨弗尔对比了狗的驯化经验，虽然狗也同样没有了意志和自由，但是它对此完全没有感知，它心甘情愿地为主人效劳。相反马是清醒的，天性想让它无拘无束、自由自在，但是宿命又让它囚禁在永恒的奴役之中，无休止地听从于人类的支配，这种状态颇似阿尔贝·加缪解读的古希腊神话中的西西弗斯。假如西西弗斯每次推巨石到山顶之后就会失忆，忘记巨石将滚落下来，那么每一次推巨石对他来说都是第一次，这就变得毫无悲剧可言了。而在马的存在中，叛逆、对自由的坚持和逃脱的欲望已经失去可能性，只能成为一种遥远的记忆或者命运轮回。这种悲剧的循环比我前面说到的马在现代历史中的退出和被抛弃，更具有存在意义上的悲剧性。科学家弗雷德·科特莱尔在《能量与社会》一书中提出了"能量转换器"的理论，他认为，马天生就是能量转换器，它吸收植物中所储存的能量，然后将其转化为动能（奔跑、牵引、驮载），为人类所用——这确实是个有趣味的观点。而从自然和生态主义者的角度，我忽然感觉现代社会人与马的分离，不光促成了农耕社会占主导地位的旧世界的终结，同时客观上也开启了新世界全球性的生态危机的魔瓶。从这个立场，我想到了马与自然和生态的关系，作为"能量转换器"，作为动物界的素食主义者，马同样也是环保主义者。它吃的是牧草，而牧草是可再生资源，但是现代工业革命以来的所有机器和动力机械，无一不消耗着我们地球上有限的不可再生资源。这当然是我关于自然与生态主义理念的一个遐想，但由此我更进一步地理解了马在人类历史进程中的象征性价值。

　　回到北京已经两个月了。普者黑的那匹马一直占据着我的记忆，挥之不去。逐渐地，它幻化成为两个影像，一个是从黑暗的窗洞里伸长了脖颈，眼眸哀怨忧伤；一个是高昂着头颅奔走，气宇轩昂。我无法确定哪一个才是真实的它，但直觉告诉我，我与那个眼眸哀怨且忧伤的它在情感上更能惺惺相惜。于是，我把它画了出来。

马首是瞻　纸本设色

根河，期待世界的目光和拥抱

根河，冬季中国最寒冷之地。

二十世纪八九十年代我去过多次，印象中那是个偏远、封闭、清苦，但景色极美的小城。记忆最深的是城的南面有一座山，孤零零地立在那儿，根河人亲切地叫它"馒头山"。山体是典型的等腰三角形，因为这里雨水较多，山顶总是被阴云环绕着，只有太阳出来的时候，才会露出清晰的面目。山上覆盖着密密的松林，在没有阳光的日子里，绿色像被浓墨染过似的，黑蒙蒙的，让人产生无尽的遐想。

这次来根河，首先看到的就是这座山，它打开了我二十多年前关于根河的记忆之门。

天性如此

那时候,根河还没有多少楼房,一排排的砖瓦平房掩映在用木板围起来的院子里。如果是家境好一些的人家会有一个很大的院子,大约有两亩地那么大,院子里可以种植大片的蔬菜瓜果,还可以养一群鸡鸭鹅,甚至能圈养一两头大肥猪。靠近窗户的地方还会种一簇簇五颜六色的"扫帚梅"(学名波斯菊,北京也叫格桑花)。这一切让我这个北京来的城里人非常羡慕。但是就这样一个大宅院,在二十世纪九十年代中期出售的价格竟然只有1500元,相当于我那时一个月的工资和奖金,即便如此,也常常无人问津。记得我一个朋友从根河调到北京工作,卖了房子,把家具装在一辆依维柯车上运回北京,途中因为客车载货挨罚,罚款的数目恰好是他卖房子的钱。这个让人啼笑皆非的故事我给很多人讲过,却没有人相信,包括现在的根河人也不一定信。但这就是那时候的根河,一座不给人希望的城市,人们纷纷想办法离它而去。

给我记忆最深的是我认识的一个小伙子,名字我已经忘记,大约十八岁,身材矮小,其貌不扬,如果不看他的脸,俨然一个初中生。他在距离根河三十二公里的下央格气林场做伐木工人。那时候,国家还准许采伐森林,但资源已近枯竭。他知道我是写东西的人,便邀请我去他所在的林场采伐小工队做客。我差不多坐了一个多小时的森林绿皮小火车,才到达那里。那是我第一次走进大兴安岭的原始森林。我当时正在读一本俄罗斯作家阿斯塔菲耶夫的小说《鱼王》，他对西伯利亚地区克拉斯诺亚尔斯克边疆北部原始森林的描写正好引发了我对大兴安岭森林的想象。那是俄罗斯的冻土地带，植被、气候、山川都与这里惊人的相似。小时候，我长在海拉尔，对周边的呼伦贝尔草原可以说了如指掌，但对原始森林，虽然距离不足二百公里，却所知甚少，那时候总是听大人说起"沟里"这个词，所谓"沟里"就是从牙克石往北，一直到根河、满归，还有莫尔道嘎，那一片莽莽的神秘而又陌生的林区，一个我童年意识里的蛮荒之地。

第一次走进原始森林，如同走进阿斯塔菲耶夫的小说一样，脚下踩着厚厚的多年积攒的潮湿的树叶，沙沙地响，新生的草枝从肥沃的地面杂乱地伸出茎叶，还有不知名的野花点缀其间。举头仰望，满眼是粗壮而垂直伸向天空的落叶松树，密密的枝丫遮蔽了阳光，只有一条条的光束，穿过树叶的缝隙有力地射在地面上。穿过这片森林，有一块空地，茂盛的绿草之间，有一丛丛低矮的灌木，阳光下，蝈蝈隐匿在里面欢快地鸣叫，此起而彼伏。远处有一片水域，应该是雨季自然形成的小湖泊，静谧平稳如同一面巨大的镜片，映衬着蓝天和白云。蜻蜓振颤着翅膀在水边嬉戏。一棵折断的枯树倾斜在湖面上，留下对称的倒影。湖对面是荫翳的白桦林，白色的树干像是油画中的钛白颜料,一笔一笔,涂抹在浓绿的树叶之间,异常显眼。这是典型的大兴安岭林间景色,也是大山中人迹罕至的仙境。我用135胶卷相机拍下了这一美景,现在它们依然保存在我的相册里。

走进低矮的工棚,在简陋的充满潮气和汗味的床上,我见到刚刚飞身站起的小伙子。他见到我来,既感到高兴,又显出一丝愧疚和尴尬。他慌忙把卷成一团的被子扔向床头,用手掌扫了扫床沿,让我坐下。在他去门口为我倒开水的间隙,我看见床里侧的木板墙上,用圆珠笔写的三个字"没办法""没办法""没办法"。字迹歪歪扭扭,一共写了三遍。

"没办法"这三个字深深地刻在我的脑海,甚至在之后的日子里遮蔽了他本人在我记忆中的模样。在回城的路上,我一直在心里默念着这三个字,我感觉这三个字表达了他的心情和生存状态,还有他内心深处不得而知的痛苦。他家境苦寒,一家三口,妹妹是残疾,母亲在他十岁的时候跟着倒运木材的内地人跑了。父亲每天沉迷于酒精,已经成了废人。多年以后,我听根河的朋友说起,小伙子已经从大家的视野中消失,谁也不知道他的去向和生死,就像这个人从来没有存在过。

《鱼王》中说:"生活就是这样。时间把人们从静止中唤醒,于

/ 根河，期待世界的目光和拥抱 /

是人们便随着生活的浪花漂流。把谁抛到什么地方，谁就在那儿生根。而人一旦像挣脱了锚链的船一样随波逐流而去了，又何必再为陆地上的事牵肠挂肚呢？"

根河的名称源于流经此地的根河，蒙古语"葛根高勒"，意为清澈透明的河。它的第一代居民大多是东北和中原的移民，他们是为开发大兴安岭而来，怀揣着梦想和使命，更经历了艰难和困苦，他们为新中国的社会主义建设献出了青春，作出了贡献。三十多年过去，由于过度采伐，森林资源面临枯竭，国家还没有开始实施封山养林的政策，经济萧条，根河人陷入了前所未有的迷茫与困境。很多人想尽办法要离开它，年纪大的人希望返回内地的故土，叶落归根；年轻人希望考学打工走出去，摆脱贫困。而他们一旦离开了它，就真的离开了它，没有回头。这么多年来，在我的记忆中，它变成了一个沉睡的让人不知不觉忘却的所在。即便偶尔想起，也是因为它令人心悸的严寒和让人揪心的森林大火。但好在总有坚守在这里的建设者，他们挺过了艰难，在这里生了根。而真正生根在这里的人们才会有幸见证根河翻天覆地的变化。

1998年，国家开始实施"天然林资源保护工程"，即"天保工程"：停伐或调减木材产量、保护现有天然林、加快宜林荒山荒地造林种草、加强森林管护、妥善安置富余人员、缓解企业社会负担等，这一重大国策为林区的恢复和发展、改善生态环境创造了有利的条件。二十多年来，在内蒙古大兴安岭重点国有林管理局的领导下，大兴安岭林区的森林面积增加了约一百万公顷，森林蓄积净增约三亿立方米。森林覆盖率达到78.39%，其中根河的森林覆盖率达到91.7%。森林资源整体状况已经超过了二十世纪五十年代开发建设之前的水平。特别是2015年，大兴安岭林区全面停止天然林的采伐，实现了由木材生产为主向生态保护建设为主的根本性转变，从而开启了生态文明建设的新征程，推动了整个大兴安岭林区，尤其是根河的经济发展。

2011年，作为大兴安岭林区的试点，根河源国家湿地公园于2014年正式建成并对外开放，这是贯彻生态文明建设的重要举措。园区的总面积近六万公顷，园内有森林、沼泽、河流、湖泊等多种生态形式，是国内目前保持原生状态最完好、最典型的寒温带湿地生态系统，被专家誉为"中国冷极湿地天然博物馆""中国环境教育的珠穆朗玛峰"，还被评为全国生态旅游示范区、国家AAAA级旅游景区、全国森林体验基地、中国最受欢迎十佳露营基地等。

当我来到湿地公园参观时，看见入口处赫然矗立着四个巨幅大字——根河之恋。这是作家叶梅2013年来根河采风时写的一篇散文的名字。这篇散文我读了两遍，深受触动，我以为叶梅写出了根河的灵魂,细微处如涓涓泉水,大气处如磅礴河流。文中既有历史的追问,又有现实的观照,正如评论家石一宁所说:"放弃与坚守,伤感与快乐……深沉而又悲壮。"这篇散文后来被选入2017年的北京高考试卷,使正在崛起的根河在全国的影响锦上添花。我注视着这四个大字,内心非常感慨:一个作家只要认真地爱上一个地方,并用真诚将自己的情感和思考诉诸文字,这个地方的人民就会记住他(她)。这才是对作家最好的奖赏。

在距离根河市区四公里的地方有一个富有民族特色的现代化居住区,这便是鄂温克族的"敖鲁古雅使鹿部落"所在地。关于使鹿部鄂温克人,二十世纪八十年代,鄂温克族作家乌热尔图在他有影响的小说《七叉犄角的公鹿》和《琥珀色的篝火》中曾对他们的生活进行过真实而深刻的描述。他们是鄂温克族中人口最少的一支,也是大兴安岭北部最早的原住民之一。他们生活在额尔古纳河流域敖鲁古雅河畔的山林中,祖祖辈辈以打猎和驯鹿为生。2002年政府在根河市郊为他们修建了定居点。从此他们走出莽林,开始了新的生活。起初他们并不适应这种现代化的生活,但是随着定居点的更新和改造,尤其是2008年,根河政府聘请芬兰贝利集团对定居点进行了总体规划设计,从民俗、旅游和建筑风格上体现敖鲁古雅的风情和使鹿部落的文化特色,并建立了原始部落、驯鹿文化博馆、桦树皮博物馆、猎民家庭游、列巴博物馆、森林文化研究所、冰雪酒店等设施，组成了一个集各方面敖鲁古雅鄂温克生态民俗展示于一体的综合性旅游生态景区。这些设施不仅改善了鄂温克人的生活条件，也有效地保存和弘扬了鄂温克狩猎部族的历史和文化遗产。在博物馆的工艺品商店里，我看到了木雕、桦树皮器皿、鹿皮和鹿毛编制的"太阳花"等鄂温克传统手工艺制品，还有用驯鹿皮加工的地毯和床垫，甚至还有眼镜布。这种用驯鹿皮打磨、精工制作的眼镜布，手感极其细腻柔软，擦拭效果绝佳。我不禁买了好几块，送给了现场的朋友。店主是一位漂亮的鄂温克族女人，她一边为我们介绍着这些"非物质文化遗产"的工艺和制作方法，一边用手机微信收取我的付款。从她满面春风的脸上，我仿佛看到了一个民族的自信与骄傲。

最让我吃惊的是根河市区的变化。再次来到这个小城，我感觉像到了另一个城市，它的变化超出了我的想象。如果没有那座我记忆中的"馒头山"和密林，我一定以为到了北欧的挪威森林小镇。色彩鲜艳的楼房、宽阔流畅的街道，还有根河人崭新的精神面貌。尤其是当我下榻到那家独特冰雪酒店，站在富有冰雪和森林设计理念的房间，仿佛在盛夏时节置身于冰雪的凉爽和森林的氧吧之中，再望向窗外远处亘古不老的青山和山下日夜不息的根河，我确实有种时空交错、今昔何年的感慨。

不久前，我在呼和浩特的内蒙古美术馆参观了"大美根河美术书法摄影作品展"，从艺术的角度又感受了一次根河的变化。在展厅的门口，我看到了根河籍艺术家刘永刚的雕塑作品《站立的文字》。1982年他从根河考入中央美术学院油画系靳尚谊的工作室，毕业后又赴德国纽伦堡美术学院留学。他的作品《北萨拉的牧羊女》曾获得首届中国油画展优等奖，回国后他创作的雕塑《站立的文字》，以独特的构思和艺术形态，展现了文字的抽象之美以及其中所蕴含的传统文化与现代文明的气息，引起了艺术界的强烈反响。由此，我又想起了出生于敖鲁古雅使鹿鄂温克部落的女艺术家——我同年入学的校友柳芭。她是那个年代我认识的唯一一个离开家乡又返回故土的根河人。记得有一次酒后她对我说："你们大城市不适合我，我的根在敖鲁古雅。"可惜她后来不幸早逝，把自己年轻的生命永远地埋在了那片大森林中。她为数不多的油画遗作现在保存在驯鹿文化博物馆的展厅里，成为使鹿鄂温克人生活与历史的艺术见证。

在展览的书法作品中，我看到了根河市书法家协会主席赵立友的一幅作品，是用隶书写的十六个字：

小城不大，风景如画。人口不多，静美情热。

天性如此

这是流行于根河民间的一句口头语,原文的最后一句本来是"贼拉能喝"。赵立友适时地将它改成了"静美情热",这是艺术家的升华,也正好应了今天根河人的变化。在看展的间歇,我和赵立友说起了"馒头山"的记忆,他告诉我,这几年的春天,山上的达紫香(又叫兴安杜鹃)花开得出奇的鲜艳繁茂,把整座山都染成了粉红色,明年春天你再回来,那情景一定让你终生难忘。

根河,一个安静、美丽的冰雪小城,此刻正以其饱满的情感和热忱,期待着世界的目光和拥抱。

我不是画马的人

我不是画马的人,我是一个用笔墨、用心"养"马的人。

小时候,在呼伦贝尔,画的第一幅水粉就是马群。后来到北京,一直坚持画画到十八岁,马开始逐渐在我的笔下消失,我成了一个用汉语"码字"的人。清代移居北京的蒙古女诗人那逊兰保有一句诗:"无梦到鞍马,有意工文章。"这或许是我的写照。

过了知天命的年龄,当我发现文字已经无法完全表达我的内心的时候,我重新拿起了画笔,马又回到我的生活和梦幻之中。

这几年,在画马之余,我收藏了几乎所有与马有关的东西,马鞍、马镫、马鞭、马辔头,甚至还有我们蒙古人传统的驯马师专用的马汗刮,但就是没有一匹真实的马。传说,明末岭南有位画家张穆，他为了画马，养了很多名马，每天对马的神态、饮食和喜怒哀乐入微观察，他画的马因此流传后世。我不想成为一个老老实实画马的人，记得每次回到草原上，我都迫不及待地跑到马的身边，可是，当面对它的时候，它总是转过身体，弃我而去。我起初有些失望，这个时候，主人往往会牵过一匹马来让我观赏，可我却一点兴趣也没有了。

我喜欢这样的马——它不是用来被驯服的，它要与人类保持距离，它必须有野性，哪怕是被套上缰绳，它也应该保持自己的世界。

所以，画了那么多的马，但我并不是一个画马的人，我应该是一个用笔墨、用心渴望与之建立关系的人。

奔马图　纸本水墨

静宁·彭阳人物记

　　甘肃、宁夏和陕北之行，原以为是一次艰辛之旅。因为组织者告诉我，这次活动是重走长征路，沿着当年红军走过的路线，体验革命先驱的艰难历程和历史壮举；同时又是一次考察"退耕还林"，感受西北革命老区百姓生活现状的实地采访。我做了充分的心理准备，迎接一场灵魂与身体的洗礼和挑战。但是当我走进会宁、静宁、镇原、庆阳、彭阳时，我为这里的变化感到意外和惊喜。曾经偏远、穷困的山区，已经发生了天翻地覆的变化，尤其是改革开放之后，国家实施"退耕还林"工程，曾经年降水量不足200毫米，昔日的荒山秃岭，缺水干旱之地，已然变得如桂林山水一般，绿水青山。领队甘肃省林草局退耕办的王立志告诉我，近几年经过大规模的退耕还林还草，这里土质、水质甚至气候都有了改变，年降水量已经超过 400 毫米。老区人民受惠于国家的相关政策，已经逐步摆脱贫困，走上了共同富裕的道路。我们所到之处，当地人的精神面貌给我留下深刻的印象。长征已经过去近八十年，但是长征精神已经在这块土地上扎下了根，鼓舞着他们融入社会主义现代化建设之中。

孙百百、蔺怀柱就是其中最普通也是最典型的两个人物。

长相如罗中立所绘《父亲》的孙百百

孙百百是一个有故事的人。可惜我采访的时间太短，他又是一个不善言谈的庄稼汉。第一次见他是在静宁县林草局召集的座谈会上。当其他人在侃侃而谈自己退耕还林的经验时，我看到坐在对面肤色黝黑的孙百百，我发现他的神态和眼睛酷似油画家罗中立笔下的《父亲》。他显然不大适应这种座谈形式，眼神中流露出茫然和不知所措。但是，在他的脸上，我看到了西北农民的坚毅、朴实、勤劳和聪慧，我直觉地认为他是个有故事的人。于是，我以采访组组长的名义向主办方提出暂时休会，到这位叫孙百百的家里做现场采访。我的提议得到大家一致赞同。这时外面下起了雨,有人劝我们等雨停了再去,我却坚持马上出发,一定要在天黑前看看他的家和山上的果园。

孙百百的家位于界石镇孙家沟村,距静宁县城约二十公里。他的家和院子没有想象的那么高门脸,更谈不土豪大户,与周围邻里的门院没有什么差别。他不过是普普通通的农民,靠自己勤劳的双手,受惠于国家的好政策,改变了自己和家人的生活。孙百百站在院子当中,用手指着身后的山坡。那里是他在"退耕还林"后,流转种植的果林,其中有山毛桃、大接杏、早酥梨等树种,都是适合在干旱地区种植的树种。我们抬头望去,不远的山坡上郁郁葱葱地覆盖着一大片果园,在雨后的晚霞里透着勃勃生机。孙百百今年五十二岁,但看上去,他显得比实际年龄年轻。陪同我们的县林草局退耕办刘彩香主任告诉我,夫妻俩就是靠山上近二十亩山地种植的各类果木,供两个孩子读完了大学。儿子毕业于杭州师范大学,现在杭州市某医药公司搞科研,女儿毕业于甘肃医科大学,分配到陇南市人民医院做医生。这又出乎我的意料,一对初中都没毕业的农民夫妇,竟然让两个孩子都考上了大学,还有了不错的工作,背后的艰辛可想而知,而他们获得的幸福感和自豪感也可想而知。聊着聊着,他开始有些自然了,点燃一支烟,不断地回答着我们七嘴八舌的提问。有人还打趣地问起儿子上大学期间,他们两口子去没去过杭州看儿子,穿什么衣服去的。孙百百如实交代:"去过一次,在省城给自己买了一件西服,给媳妇买了一条裙子,花了好几百块。"又问:"游览西湖了吗?"答:"没有,人太多,还花门票,而且热得很,新买的西服都湿透了——还是我们山里头舒服。"两口子没待两天就匆匆打道回府。他说,看到儿子在学校安心学习就知足了。但我知道,他肯定是不放心这二十亩果园呢。这时屋里有老人的咳嗽声,他匆忙转身进屋,给卧床的老母亲端水喝。老太太已经九十三岁,本来身体很是硬朗,三个月前不慎摔了一跤,从此卧床不起。他说,老母亲能走路时,经常帮助夫妻俩干活,收拾院子,烧火做饭,怎么劝她歇着也不行。这回终于不用干活了,躺在床上也算是休息吧,让做儿子的尽一下孝心。我走进屋里看望老人,老人侧过身向我微微一笑。只见她一双裹着的小脚露在被子外面,见我目光看去,她本能地将一只脚收进被里,可另一只脚却一动不能动。我忙拽了一下被角,为她盖上。已经是二十一世纪了,这种小脚恐怕是国内罕见了。算算时间,她应该是四五岁开始裹脚的,距今已将近九十年,她用这双小脚走过了差不多一个世纪。其实早在1912年,国民政府就废除了裹脚习俗,甚至有人考证在清末新政时期就开始禁止裹脚了,但有些偏远落后的地区,直到全国解放才真正废除了裹脚的旧习。我在想，如果她没有裹脚，可能就不会轻易摔倒，她还能盘腿坐在家里的炕上，与我们谈笑风生，为我们讲述许久以前的往事。孙百百告诉我，老太太年轻时，手脚出奇的麻利，能下田锄地，还能拿着笤帚追打淘气的孩子呢。确实，在老人活跃的眼神中，我能感受到一种生命的力量，虽然她卧床不起，但她的心一定渴望有一天能够站起来，这种力量与渴望无疑也传递到了孙百百及一家人的身上。

院子里有一间上了锁的屋子，我透过窗户，看见里面有床和梳妆台，还有小孩儿的玩具车。孙百百告诉我，这是给儿子儿媳和女儿女婿，还有孙子外孙们准备的房间。可惜他们已经两年没有回来了。一个是因为单位工作忙，另一个原因是孩子还小，要上幼儿园。孙百百说到这里，脸上掠过一丝无奈。但每天晚上我们会与孙子或外孙用手机视频呢。说完这句，孙百百的眼睛好像瞬间放出了光，湿润润的闪亮。这是当下农村的现实与矛盾，年轻人都出去上学或者打工了，只有老人固守着自己的家园。我安慰孙百百，随着"退耕还林"的深入，你把果园再扩大，把它变成花园一样美丽的地方，我不信他们不常回来，因为这里才是他们真正的家。

走出孙百百的家，我们回头与他道别，我看见在他家的大门上，写着"幸福之家"四个大字。我由衷地祝愿他和家人幸福，也祝愿他种植的果木年年有好收成。

相信明年一定会好起来的蔺怀柱

在宁夏固原市彭阳县的一个山村，我见到了"退耕还林"的受益大户蔺怀柱老人。老人今年已经七十一岁，但身体健朗，腰背笔直。多年前，为了响应国家林草局"退耕还林"的号召，他与老伴一起种植了二十三亩红梅杏树。他不仅靠自己的努力脱贫，而且生活蒸蒸日上。去年红梅杏大丰收，净赚了十六万元。红梅杏是彭阳县的特产，是中国国家地理标志产品。彭阳的红梅杏，远近有名，果皮呈红色和黄色，果肉细腻多汁、酸甜可口。批发价格每斤十元，市场价格可达到每斤六十元左右。2016年12月，批准对"彭阳红梅杏"实施地理标志产品保护。

为了让两个住在县城的儿子也能感受和分享他的艰辛和收益，他两年前分给两个儿子各九亩果园，自己只留五亩，希望他们假期或者农忙的时候回来打理自己的果园。大儿子深感父亲这么多年经营果园不易，提出只要六亩，退回了三亩，小儿子也提出退回一亩，这样老人还剩下九亩果园。大儿子六亩，小儿子八亩。每逢假期,或者收获时节,两个儿子都自觉地带着孙子和孙女回到村里干活,养护果树或采摘果实,老人也能见见孙辈们。一大家九口人跟过节似的相聚在一起,欢声笑语,其乐融融。每到这时候,就是老两口儿最快乐的时光,老人甚至还会多喝几杯当地有名的金糜子酒。

但生活不总是有阳光和快乐,也会有阴雨和忧伤。今年春天,这里持续低温,各种昆虫不见踪影,花粉没有媒介传递,甚至花骨朵还没绽开就被冻掉。没有花,没有蜜蜂或者蝴蝶之类的昆虫传送花粉,植物就不能结果,不结果实,等于农民种的麦子不结麦穗,玉米不结苞谷,那将是灾难性的后果。老人的脸上掠过一丝阴影:今年肯定是颗粒无收了。我不解地问:"一颗杏也结不上吗?""嗯,二十三亩的果园,我都挨个看了,一颗杏也没寻到。"我看着老人,不知道如何安慰他。我问:"您上保险了吗?""上了,但保险只会按几年中的平均收成兑现赔偿,损失大是一定的了。"谈话中,我没有在老人的脸上看到焦虑和痛苦,显现的却是无怨与坦然。他说:"老天爷要你的命都挡不住,别说是地里的收成。"土地上生的东西,得听老天爷的安排。他相信明年一定会好起来。

采访结束,我请老人为我们在"重走长征路:退耕还林还草作家记者行"的横幅上签名,并告诉他,这条横幅将在我们到达陕西吴起县的时候,交给中央红军长征胜利纪念馆永久珍藏。老人有些为难地看着说:"我不识字呀。"我不相信这样一位达观而饱有智慧的老人不识字。我说您就写上名字就可以。老人接过笔,迟疑了很久,才颤颤巍巍地写下了自己的名字:蔺怀柱。我走过去看他签的名字,竟然写得非常规整熟练。我说:"您写的字这么好看,怎么能说不识字呢?"他不好意思地笑着说:"啊呀,是小孙女教给我的,逼着我练了整整一个月嘞。"

我们离开的时候,老人一直面带微笑,送我们到大院外,不停地向我们挥着手,老伴一直远远地随在身后,脸上也带着微笑。这是北方偏远乡村常见的场景,丈夫在前,老伴永远在后,而且会拉开一定的距离。新社会已经七十多年了,我不认为这是男人和女人在家庭中的地位高低和尊卑的显现,它不过是一种生活习惯罢了。

回京已经三个月了,我依然与孙百百保持着微信联系。前些日子,他在微信圈里发了一段视频:"开始收杏子了!"画面是一大片刚摘下的大接杏,红黄相间,个大肉肥,令人垂涎欲滴。据说,大接杏平均单果重量是85克,最大的竟然有200克。大接杏肉质柔软,汁多味甜,适应干旱,关键是它与红梅杏相比抗寒能力强。我给他点了个赞,他迅速回了一个作揖的手势和一张笑脸。看来,今年他比蔺怀柱老人幸运,大接杏喜获丰收,而蔺怀柱老人因为没有微信，无法联系到他，但我一直惦记着这个朴实而又乐观的老人——希望保险公司赔付给他的补偿款及时到位，这样他就可以筹划和期待明年的收成了。

乌兰哈达：观看自然的方式

雪中的草原如同冬眠一般寂静，太阳像隔着无数层的玻璃，远远的泛着清冷的光晕，让人感觉不到一丝暖意。我喜欢冬季的草原，高寒和冰雪让天和地沉静下来，恢复了荒野的原始和威严。

乌兰察布草原的乌兰哈达火山群之行让我体验到大自然的另一种奇观。一万年前喷发过的火山口，周围散落着的暗红色和黑色的火山石，仿佛是昨天刚刚喷发出来，捡起一块，抓在手上，似乎还能感受一万年前留存下来的余温。它们曾经是从地心喷发出的一千多度高温的岩浆，在急骤冷却后形成的岩石。我到过长白山的火山口，那里已成了天池，还去过阿尔山上的火山边缘，它已经被茂密的树林遮掩，而真正站在火山喷发出口的圆心，想象一万年前山崩地裂、浴火重生的景象，还是第一次。据说乌兰哈达火山群是活火山，只不过它已沉睡了万年，以致被人们遗忘。此时，我站在山顶，说话也变得低声下气，生怕吵醒了它们，内心也有一种说不出的畏惧。美国地球物理学家露西·琼斯在《大灾变：自然灾害下我们如何生存》中谈到活火山时说："板块构造或许注定了下一次喷发，但到底哪一代人会经受这种极端事件，完全是由概率决定的。"从人类历史的角度看，火山喷发应该是地球给人类造成的最大的灾害，它可以毁灭一座城市，令无数人丧失生命；但是从地球历史的角度考察，火山喷发是地球内部能量的转换和发散，比如地球内部温度和密度的不均衡，还有不同板块之间的相互摩擦和碰撞，这些都使得地球内部温度上升，能量聚集，需要一个发泄的出口，从而形成了火山的爆发。试想一想，如果没有这些出口，没有岩浆喷发缓解地球内部的温度和矛盾，地球会不会整体爆炸而崩溃解体呢？这大概就是宇宙和自然界的神秘性及物质能量平衡的规律，它甚至已经超越了我们所认知的"生态"的概念。我们只知道火山喷发给人类带来的灾难，却不一定知道，或许正是这些灾难保持了地球的相对稳定和有序运转，保证了人类以及所有生物的存在和繁衍。

由此我想到自然灾害与人类的关系，从我们这个星球上滋养生命的各种系统来说，灾害是自然界不可缺少的一部分。比如，海洋风暴（台风）形成的过程可以将水分从大洋中分离，化成降雨落到地面上，成就和养育了生命，而地震形成的高山低谷拦住浮云和水汽，同时地球内部的断层也保存住了地下水，并将其推到地表形成泉水甚至河流。这个道理两千年前的老子就已经有了解答："祸兮福所倚，福兮祸所伏。孰知其极？其无正也。"

美国"深层生态学诗人"加里·斯奈德说："这个世界，除了人类一点很少的干涉外，本质上还是一个野性的天地。"就是说在地球上，我们人类占据的地方其实很有限，总体上说依然是荒野。比如覆盖地球表面积71%的海洋，比如眼前这望不到边际的内蒙古草原，还有神奇的乌兰哈达火山群。我们对它们的了解究竟有多少呢？如果我们不亲身来到这里，用我们的双脚攀上这一座座火山，用手抚摸，甚至用身体亲近这片土地，我们恐怕永远也无法认识它们。

此时，无人机摄像头在上空盘旋，它延伸着我们的视角和视域，使我们能够以全新的目光俯瞰我们自身，以及我们在大自然中的位置。这让我想起小时候，在草原上，我经常羡慕高空中翱翔的鹰，它的眼睛比无人机的视角更开阔更精准，它能看清草丛里躲藏的土拨鼠、野兔和石鸡。有一天，我真的做了一个梦，我梦见我变成了一只飞翔的鹰，俯视着大地，我竟然在土拨鼠、野兔和石鸡这些鹰的猎物中间，看到了我自己。在鹰的眼里，我与它们是同类。之后，我做了很多次类似的梦，直到我离开故乡，久居都市，梦被钢筋水泥和琐事俗务所替代。

加里·斯奈德还说过："通过自己的身体，我们获得一种观看世界的方式。"而英国自然文学作家娜恩·谢泼德则说过更为极端的话："人应当使用整个身体去指导精神，这是我们早已失去的天真。"这句话听着拗口，但是，就如同在乌兰哈达，我在寒冷的风雪中，一步一步地爬上火山顶，在疲劳和流汗之后，肉体瞬间获得了一种从未有的通透。那一刻，似乎地心的引力也减弱了，我感觉是站在另一个星球上反观我们的地球。身体让我们将世界与大自然具象化了，也使我们与自然融为一体。

迷人的杭盖,乌兰毛都草原

我的出生地在兴安盟乌兰浩特,一岁时随父母到呼伦贝尔。所以,我几乎走遍了呼伦贝尔草原,却对兴安盟的草原一无所知。今年夏天,我终于来到了我神往已久的乌兰毛都草原。

车一开进草原,我就被眼前的景象惊呆了。

舒缓的山峦,层叠渐去,一条蜿蜒清澈的河水穿过草原,流向远方。河边是一丛丛的红毛柳,树丛之间点缀着一头头花斑色的奶牛,有的悠闲地饮水、吃草,有的懒散地躺卧在草丛里慢慢地咀嚼回味。山坡上,像星星一样布满了雪白的羊群……这种田园牧歌的景象即使在神奇的呼伦贝尔也不易看到。这分明是草原中的草原,北方高原上的世外桃源。乌兰毛都乡的书记达胡巴雅尔告诉我,这就是传说中的杭盖。杭盖是蒙古语,即山林中的草地。内蒙古的草原一般分为三种地貌,典型草原、荒漠草原和杭盖草原。呼伦贝尔和锡林郭勒的大部分地区属于典型草原,也叫平草原;鄂尔多斯、阿拉善等内蒙古西部则属于荒漠草原,或叫戈壁草原。乌兰毛都则是典型的杭盖草原。所以,森林、河流、草原和丘陵是杭盖草原必备的四个特征。听到这里,我忽然想起了我的朋友、蒙古族歌手布仁巴雅尔唱的那首《迷人的杭盖》:

北方茂密的大森林,

养育着富足和安详,

露水升空造云彩,

生机勃勃的杭盖。

蔚蓝色的杭盖,

多么圣洁的地方,

满山野果随你采,

只求不要改变我的杭盖。

多年来,我一直在琢磨"杭盖"这个词的含义,今天才终于真正理解,原来它包含着如此迷人的境界。

迷人的杭盖，乌兰毛都草原

乌兰毛都草原处在大兴安岭向科尔沁草原和松嫩平原的过渡带上，紧邻阿尔山和蒙古国的东方省，是著名的科尔沁草原的一部分。"乌兰毛都"是蒙古语，翻译成汉语就是"红树"，因盛产红毛柳而得名。据说红毛柳一般都长在有水源的地方，树干高大笔直，远看如白桦树，叶子会随着秋天的邻近而由翠绿变成枯黄，之后便随风坠落，但是它的枝条却永远保持着红色，远远望去，一丛丛，一片片，如火焰，似彩霞，给静静的乌兰毛都草原增添了火热的激情，也形成了别处草原所没有的独特景观。

历史上，这里是成吉思汗的幼弟铁木哥·斡赤斤的领地。铁木哥·斡赤斤比成吉思汗小六岁，在蒙古帝国建立的过程中，作为左领军，他发挥了巨大的作用。蒙古帝国建立后，成吉思汗将以大兴安岭为分界线，岭西以海拉尔河、哈拉哈河流域为中心，岭东以洮儿河、嫩江流域为中心的最大面积的土地分封给了他，并让他掌管蒙古大本营的中央"兀鲁思"。成吉思汗带兵出征时，铁木哥·斡赤斤则留守漠北的蒙古大本营，以"监国"身份处理国政。在"监国"期间，他果断地铲除了向成吉思汗发起挑战的通天巫阔阔出，深得成吉思汗和母亲诃额伦的宠爱和信任。《史集》记载："成吉思汗爱他胜过其余诸弟，让他坐在诸兄之上。"后来，他和他的后人塔察儿又拥立窝阔台、蒙哥和忽必烈登上皇位，巩固了蒙古帝国，成为蒙古民族延续和发展的重要阶段。

　　回想历史，再看看眼前如仙境般的现实，让我真切地感受到"风水宝地"这个词。

　　如今，乌兰毛都是科尔沁右翼前旗的一个乡，蒙古语叫"苏木"，总面积2408平方公里，总人口4500多人。让我惊讶的是4500多人当中竟有98%是蒙古族，这个比例在全内蒙古自治区中也是最高的。所以，走进乌兰毛都乡的所在地，在街头，在人们之间的谈话中，你几乎听不到一句汉语。所不同的是这里的蒙古语夹杂着一些汉语名词，让我这个在北京生活了将近四十年的蒙古人几乎可以听得懂。这种现象确实值得研究。近代以来，蒙古民族与汉族经过长期的交流和融合，形成了这种特殊的蒙汉杂糅的语言环境。有人说这种变化是对蒙古语言的侵蚀和同化，我过去也认可这种观点，但是当我实地考察后发现，这其实是社会历史发展进程中，在语言自身的流变过程中，一种语言对另一种语言主动借用或挪用。语言学告诉我们，语言具有身份认同的功用，"是其使用者的象征。不同的语言决定了不同的认识世界的方式。它浓缩了其民族的法则、传统和信仰。"（见《语言兴衰论》，罗伯特·迪克森著）同时它也具有交际的功能，是人类相互交流的工具，这就促使语言向便于使用和沟通的方向演变。蒙古语向汉语的借用，就如同汉语对英语、日语等多种语言的借用是一样的。我当然尊重和热爱纯正的蒙古语，我也不止一次表达过我亲耳聆听蒙古语朗诵诗歌时的感动，我还知道这种现象的形成有其复杂的历史和政治原因，但是我们只能面对这种变化和存在。况且我发现，这种对汉语的借用或挪用多数是针对名词，且多是一些外来的现代词汇，比如电视、冰箱、手机、微信等，而主语、动词、句式乃至音调依然是蒙古语言所特有的。我还注意到，这种借用大都只限于口语，在书面语中，尤其是在诗歌语言中，依然保持着传统蒙古语的纯粹性。就是这样的充满争议的语言，成了不仅在乌兰毛都，而且在兴安盟大部分地区蒙古人彼此交流的生活语言。由此，我想到了在乌兰浩特机场的一次有趣经历。我准备乘机回北京前，想买点家乡的土特产，我试着用不标准的蒙古语问了下价格，两个售货员竟然都用蒙古语回答了我，让我非常意外。这个被认为汉化程度最普遍的地区之一的乌兰毛都，蒙古语的普及率甚至高于呼伦贝尔、鄂尔多斯。说真的，我常常回呼伦贝尔，我在海拉尔，甚至在下面的牧业旗里，都很少听到人们用蒙古语对话交流。作为一个从小就开始远离母语却对母语充满渴望和自豪的蒙古人，我真希望多听到蒙古语，哪怕是这种有争议的、不规范的蒙古语。

当天，接待我们的乡宣传部部长斯琴女士带着我们来到草原深处的一户牧民家。一家人三代同堂住在一幢红顶白墙的砖房里，房檐和房门两边雕着传统的蒙古族民间吉祥图案。院子里停着一辆轿车、两辆摩托和两台打草机。院中央放着两个长长的水槽，几只羊将头伸进槽里饮水，见我们来了，不约而同地抬起头来，用陌生的眼光打量着我们。三只牧羊犬在远处的草丛中警惕地站起来，望向我们。

家里的壮劳力都出去放羊和打草了，只剩下老人和小孙子。走进老人的房间，我被迎面墙上挂着的一幅蒙古文书法吸引。斯琴告诉我，这是老人的作品，翻译过来就是"宽阔的草原"。我惊奇地转过头，看着盘腿坐在炕上的老人。老人今年六十四岁，由于有严重的哮喘病，显得非常消瘦，但眼睛却炯炯有神。三年前，只有小学文化程度的他开始练习书法。笔墨和宣纸是他托人从城里买的，没有砚台就用碗代替。经过三年多的刻苦练习，他的字竟然参加了旗里的书法比赛，并获得了三等奖，成了当地名副其实的牧民书法家。我上初中一年级的时候在呼伦贝尔一中曾经学过一年蒙古文，所以我对蒙古文的书法情有独钟，我还收藏了两幅名家的蒙古文书法作品。两年前，我开始自学蒙古文书法。蒙古文虽是拼音文字，但是又具有象形文字的特征，笔画结构特别适合用毛笔书写。据说，蒙古文书法已经有近八百年的历史，近几十年发展尤其迅速，出现了不少书法大家,比如我的朋友、内蒙古书法家协会副主席艺如乐图就是一位蒙汉兼通的书法家。我看着挂在墙上用卷轴装裱的老人的作品,尽管装裱得相当粗糙,但是字写得有分量有个性,落款的下方还规规矩矩地印着红色的名章。我没有想到在如此偏远的草原上,竟然还有人这么热爱蒙古文书法,默默地担负着蒙古语言文化传承和延续的责任。

应我的请求,老人起身为我们写了一幅字——团结就是力量。在老人写字的过程中,小孙子一直伏在桌上,用两只小手替爷爷按着镇纸,眼睛一直盯着爷爷手中的毛笔,眼神和眉毛不时地随着爷爷的笔触一紧一松,似乎是在为爷爷加油鼓劲,让我陡然产生一种感动。

荷兰社会学家艾布拉姆·德·斯旺在《世界上的语言:全球语言系统》一书中说:"要使一种语言存活下去,就得有相当多的人继续使用它,甚至还要保持原有的生活方式,抵御日新月异的社会和语言环境的入侵。"我在前面说到,乌兰毛都乃至兴安盟的大部分蒙古人在说一种有争议的蒙古语,他们多数人已经失去了蒙古族原有的游牧生活方式,转为农业或半农半牧的生活状态,但是他们至今依然坚持以蒙古语言和文字作为主要的交流工具,这是世界语言史上的一个奇迹。所以,面对争议,他们不必感到尴尬,也没有理由觉得羞愧。我认为,它总比某些"公开表示坚守集体传统,私下却轻视自己所继承的语言和文化遗产,尽量让子女学好优势语言以谋求更好前程"的人强得多。写到这里,我要忏悔在我少年时期仅有的一段学习蒙古语的时间里,没有认真地学习和掌握蒙古语。

告别了老人,我们来到一个叫"乌温都日乌乐美"的牧场。牧场的主人叫乌云达莱,是一个年轻的牧民,他开了一个旅游点,专门供来往的客人品尝正宗的蒙古族餐饮。我其实一直对旅游点不以为然,觉得它破坏了草原的天然景观。记得呼伦贝尔的鄂温克旗有一个叫巴音呼硕的地方,是当年电影《草原上的人们》的拍摄地,《敖包相会》这首歌就是这部电影的插曲。这里水草丰美,蓝天白云,是呼伦贝尔最美的牧场之一,也是我对草原最初的记忆。1976年7月,父亲与我,还有弟弟在离开呼伦贝尔迁往北京之前,曾在这里留下了一张珍贵的照片。三十年后的2006年,也是7月,我们三人又来到这里,准备再拍一张合影,可是就在我们曾经拍照的地方,已经筑起了一座巨大的钢筋水泥的蒙古包,周围停满了各种旅游来的车辆,远处,成群的马被系上缰绳,载着游客,无精打采地走动。这种景象完全打碎了我童年对草原的美好的印记。

好在乌云达莱的旅游点建在路边，看着更像是一个普通的牧业点。坐在宽敞的蒙古包里，我一边喝着奶茶，一边倾听着主人乌云达莱开发旅游点的经历。起初他并没有计划经营旅游点，只是因为每天挤的牛奶特别多，剩余的部分就用传统工艺做一些奶干、奶豆腐、奶皮子之类的食品，送给附近的乡亲品尝。渐渐地就有了开一家奶制品小店的念头。没想到小店开张后，来买奶制品的人越来越多，有的客人还要求吃现场宰杀的新鲜的羊肉。乌云达莱就和家人一起，搭起几座蒙古包，办好了食品卫生合格证，开始正式对外营业。旅游点开张后，乡里的、旗里的，还有乌兰浩特市里的客人都纷纷来这里就餐，人多的时候要电话预定。不到一年的时间，他的旅游点就收回了成本，而且还有所盈利。但是，乌云达莱并没有满足于眼前的成绩，他希望通过旅游点，进一步扩展服务项目，在保护草场、保持草原生态的前提下，让旅游者在领略草原风光、品尝特色美食的同时，多了解一些蒙古族古老的文化、民俗和日常生活。比如深入牧户家里，感受牧民的游牧生活，挤牛奶、接羊羔、剪羊毛、学习手工制作奶制品等，甚至还可以学习蒙古语，学习长调和呼麦。

我为乌云达莱的计划感到惊喜，也为他的远见和精神所折服。我们知道，旅游点是近二十年在内蒙古草原兴起的旅游加餐饮的服

呼伦贝尔冬雪中的蒙古马　纸上水墨

务项目,这种方式无疑吸引了众多游客,也方便他们增强对草原文化的了解,同时也为当地的牧民增加了经济收入。但是这种方式毕竟是浮光掠影、走马观花,它甚至在某种程度上遮蔽或者扭曲了蒙古族文化最精彩、最具特色的部分:一群人坐着汽车来到旅游点,吃手把肉、喝奶茶,然后骑上被人牵着的马在草地上遛一圈,或者穿上戏服似的蒙古袍照几张照片。这种旅游项目在北京的延庆、河北的坝上都可以做到,但却无法真正体现蒙古族文化和草原文明的实质。

由此,我想起呼伦贝尔新巴尔虎右旗的几位"80后"蒙古族青年,他们从去年开始自发地组织"湖上草原"生态假期活动。他们怀揣着将草原自然生态完整地展示在世人面前的梦想,尝试以环保的理念,将自然考察、民俗体验、文化交流结合在一起的旅游形式,邀请国内乃至世界各地的热爱自然、热爱环保的朋友共同参与,力图将真正的草原之美和蒙古族的人文之美传达给世人。

八百多年前,成吉思汗的幼弟铁木哥·斡赤斤留守在这片风水宝地,掌管并继承着祖先的财富和领地。今天,在乌云达莱,还有那几位"80后"的蒙古族青年的身上,我看到新一代蒙古人对家乡的热爱,对蒙古族文化与传统的自信心和责任感。还有那个我忘了名字却让我非常尊敬的牧民书法家,在蒙古文字走向"边缘",

可能面临着消亡的危机中，默默地守护着自己民族的语言和符号。

临别时，乌云达莱的一句话让我感慨，让我深思，也表达了我对家乡的一个愿望："我希望长生天保佑我们，像我们的祖先那样自由自在地生活在这片土地上，永远不要改变。"正如《迷人的杭盖》中唱的一样：

蔚蓝色的杭盖，

多么圣洁的地方，

满山野果随你采，

只求不要改变我的杭盖。

蒙古包：真实的与想象的

前几年，我突发奇想，想重温一下住蒙古包的感觉。可家乡的朋友告诉我，现在牧民都不住蒙古包了。为了满足我的奇想，朋友特意委托一家牧民为我搭了一座蒙古包。这里方圆几十里没有人家，主人是一对年轻夫妇，女儿在旗里上学。每天清晨，丈夫赶着牲畜到远处放牧，妻子则忙完家务活儿后，坐在房前的台阶上，用手机发信息。草原上信号不好，为了给女儿发一条信息，她往往要发十几次才能成功。我与他们生活在一起，酒酣之后共同吟唱蒙古民歌，相互建立了很深的友情。然而，在蒙古包里过了几天这样的生活后，我终于耐不住草原的寂寞和清苦。临别之时，我塞给女主人五百元钱，作为对他们热情款待的酬谢。我本以为她会拒绝，至

蒙古马系列之一　风中　纸本水墨

蒙古包：真实的与想象的

少要推让一下，可是，她拿过钱，头也不回地跑进屋里，再也没出来。我不解，是嫌钱少还是因为我给他们钱不高兴？这个问题一直困扰着我。回到北京，我就给朋友电话。他的答案出乎我的意料："五百元在草原上不是小数目，所以她不会嫌钱少。至于你给钱他们不高兴更不可能，你以为还是几十年前的草原吗？牧民也有市场意识了。"他还说："夫妇俩对你的来访从心底里高兴，她不想在你面前流露半点离别的伤感。当接你的车开得很远时，两人才走出房子，久久眺望你远去的方向。"

这段经历让我感触很深。离开家乡很多年了，我对蒙古包的感觉、对牧民生活和他们心理的猜测都不过是一种想象，至少是一段遥不可及的回忆。不久前，我看过蒙古族摄影师阿音的一组有关蒙古包的照片，我对蒙古包即将在草原上绝迹感到痛心疾首。可是家乡的朋友反驳我："作为民族文化，蒙古包确实有象征意义，但是你住着宽敞舒适的现代化高楼，却让牧民永远挤在蒙古包里，你觉得公平吗？"我哑口无言。

我开始检讨自己，同为蒙古人，我们之间的差别却像两个民族，两个世界。我不能因为自己的情感和想象就要求他们永远滞留在几千年前的时空之中。人类在进步，蒙古族也需要发展。再想想我们这些在城市里养尊处优的作家们，一写到草原，就是蒙古包、蒙古袍、骑马、射箭等，似乎文学只能在这些古老的事物上才能获取灵感。而实际上大多数牧民已经舍弃蒙古包，不穿蒙古袍了，他们更喜欢温暖的砖瓦房，喜欢汽车和摩托，喜欢电视和手机，甚至上网。而我们一看到这些变化，便开始抱怨和叹息民族特征，甚至民族精神的遗失。我们其实根本不了解牧民的现代生活和他们真实的愿望。他们与我们在对草原和民族的定义上已然存在着一条裂缝，这条裂缝使我们对现实中的人物无法近距离的观察，以致对他们进行了不真实甚至错误的描绘。

当然，我并不主张草原城市化，也不希望过度开发草原上的资源。尤其对那些不可再生资源的非理性开发，将使草原永远失去生命的绿色，蒙古族人也最终丧失祖先留下的美好家园。这确实是一个矛盾，既要让生活变得越来越好，又不能损伤民族精神的根基，更不应以破坏土地的生态和环境为代价。我以为对这种矛盾的阐释和见证才是作家应该关注的焦点，由此类推，其他民族所面临的问题，莫不如此。这其实是一个民族能够立足于今天的阵痛，也是一个民族走向未来的起点。我们的作家必须真诚面对。

从黎里到芦墟：两种时空的转换

黎里是苏州的一个古镇。苏州的古镇很多，最有名的应该是周庄了，还有同里、锦溪等。周庄很多年前去过，记忆中满街挂着万三蹄髈，据说那是周庄的特产，但我从来没吃过。相比较，还是喜欢黎里。

黎里的历史可以追溯到春秋时代，吴王阖闾与越王勾践在槜李交战时，黎里的"御儿溇"（今称囡团荡）便是当时吴越两国的分界。唐代，黎里才形成村落，直至明成化、弘治年间，黎里的人口超过千家，成为吴江的大镇。2006年，黎里与芦墟合并，取名汾湖镇，2013年正式更名黎里镇。

在中国近现代史上，黎里出了一位名人，那就是著名的民主人士柳亚子先生。他出生于汾湖一个耕读世家，十一岁时举家迁居黎里。父亲是个秀才，母亲是清代名士袁枚的三传弟子。柳亚子年幼时受母亲的影响，喜欢古诗词，据说十二岁就能背诵杜甫的所有诗篇。后来他接受蔡元培、鲁迅等人的影响，参加了民主革命运动。解放战争期间又与毛泽东建立了很深的友谊。中华人民共和国成立后，他任中央人民政府委员，中央文史馆副馆长等职。1958年病逝。

在作家荆歌的引领下，我来到黎里古镇中心街上的赐福堂，柳亚子先生的故居就在这里。赐福堂原是清朝乾隆工部尚书、直隶总督周元理的私邸，1922年初，柳亚子先生以三千大洋，向周氏后裔典租了其中的第四、第五两进院子。走进柳亚子纪念馆，迎面是由邓颖超题字的柳亚子先生的汉白玉雕像，雕像上方是毛泽东的大幅题字——人中麟凤。毛泽东对他的评价相当高。馆中还存有鲁迅先生的一幅字，是那首著名的七律《自嘲》：

运交华盖欲何求，未敢翻身已碰头。破帽遮颜过闹市，漏船载酒泛中流。横眉冷对千夫指，俯首甘为孺子牛。躲进小楼成一统，管他冬夏与春秋。

后跋中,鲁迅写道:"达夫赏饭,闲人打油偷得半联,凑成一律,以请亚子先生教正。"由此,我才知道,鲁迅这首诗竟然是他在郁达夫设宴的酒局上即兴写就的,同时也知道这首诗最早是写给柳亚子的。那天在座的有郁达夫王映霞夫妇、鲁迅许广平夫妇、柳亚子郑佩宜夫妇等。鲁迅把这诗赠给了柳亚子,可见二人之间的特殊关系。在鲁迅先生逝世五周年时,柳亚子也为他写了一首七律,开头两句:"鲁迅先生今圣人,毛公赞语定千秋。"这也算是柳亚子先生对鲁迅的回赠和缅怀。

展馆里有众多五四以来的中国现代文学史上的名家照片,郭沫若、茅盾、丁玲、郁达夫、叶圣陶、田汉等,他们都与柳亚子先生有过交集,可见主人的人缘、活动能量和其在中国现代史上的影响力。

赐福堂第五进的东厢房是柳亚子先生的书房,取名"磨剑室"。据说"磨剑"来自唐代诗人贾岛的诗《剑客》:"十年磨一剑,霜刃未曾试。近日把示君,谁有不平事。"磨剑室正中有一副对联,由南社社友傅钝根赠写,上联"青兕后身辛弃疾",下联"红牙今世柳屯田"。上联巧妙地将柳亚子的笔名"青兕""弃疾"嵌入诗中,因为柳亚子先生崇拜宋代诗人辛弃疾,所以曾将自己改名"弃疾",并用辛弃疾的别号"青兕"撰写檄文,抨击袁世凯称帝,表达了他在国家危难之际，满腔的爱国热血和豪情。而下联中的"柳屯田"，即宋代婉约词人柳永，与柳亚子同姓，这是从另一个角度，评价了柳亚子诗词的艺术品格。1903年至1927年，在磨剑室的二十四年间，柳亚子先生写下了二百多万字的文章和两千多首诗词。

书房的旁边是柳亚子先生的藏书楼，藏有四万多册图书以及四百余件信札。在黎里居住期间，他收集了大量的吴江乡邦文献，并动员家人帮助自己抄书，这些工作花去了他大把的时间和金钱。这些珍贵的图书和资料，新中国成立后，他全部捐献给了上海图书馆。赐福堂还是柳亚子先生与南社成员聚会，商讨民主革命，与文友雅集，把酒言欢、谈诗论画的地方。

走出柳亚子先生的故居，我们来到作家荆歌的"会客厅"。这是黎里镇特别为这位当代作家设立的文学会客厅。会客厅面积虽然无法与柳亚子的故居相比，但一座城市能为一位作家建这么一个文学交流的空间，确实有创意和远见。会客厅在古镇河边的一个弄堂里，大门旁是由作家贾平凹题写的"荆歌会客厅"的挂牌，院子里最显眼的地方也镶有莫言题写的同样是"荆歌会客厅"的牌子。有两位文坛大师的加持，客厅无疑又增添了些分量和意义。客厅分上下两层，二层是画室和休息室，一层是用于会客的书房。走进书房，正面是一墙的整体书架，放满了全国各地作家寄来的签名本的著作——其中也有我的一本散文集《在碎片中寻找》。四周挂了几幅艺术家的绘画、书法，还有主人收藏的雕刻和老器物。荆歌为我们泡茶倒茶。我看到屋子的角落里有一架钢琴，就俯身坐到琴前，打开琴盖儿。最近我在重听柴可夫斯基的交响曲，其中的"悲怆"，我听了许多遍，各种指挥版本都有。于是，我随手弹了一段第一乐章的第二主题，一段充满渴望、哀愁和幻想的旋律。这时，四周静下来，我从余光里看见荆歌悄悄走过来，举着手机，为我录制视频。

荆歌是我的老朋友，他是个真正的江南才子，琴棋书画（他的棋艺我还没领教过），无所不通。他是江苏省作家协会的专业作家，写过不少在国内有影响力的小说作品。他更让人正目的是他的书法，独辟蹊径，卓尔不群。他也是国内作家中最早研习书法的人之一。

黎里这个地方，古往今来的文人很多，除了柳亚子，还有清代文学家赵筠、徐达源等。袁枚曾来此收了多位弟子，并写下这样一段美文："余过吴江黎里，爱其风俗醇美，家无司阍，以路无乞丐也；夜户不闭，以邻无盗贼也；行者不乘车，不着屐，以左右皆长廊也，士大夫相互婚姻，丝萝不断。家制小舟，荡摇自便，有古桃源风"（见袁枚《随园诗话》）。还有晋代诗人张翰，他出生于现在黎里镇的莘塔,因性情狂放不羁,后世将其与阮籍并称。他辞官归隐故乡后,写下了"秋风起兮木叶飞,吴江水兮鲈正肥。三千里兮家未归,恨难禁兮仰天悲"的诗句。李白对他赞誉有加——张翰黄华句,风流五百年。而当代作家中,我只知道写过《繁花》的金宇澄祖籍在黎里。

但说来归去,距离我最近的,且一直生活写作在苏州、黎里的作家或者文人,我想就只有荆歌了。确实,荆歌被黎里人当成了宝,在重新规划、修缮古镇的时候,特意为他开辟了那个空间。而荆歌也是不负家乡的厚望,利用这么一个不是很大的空间,召集天下众多作家、诗人,还有书画家,来这里,为黎里站台,宣扬黎里古镇。与此同时,他的创作也发生了蜕变,开始了儿童文学的写作,很快就在国内儿童文学界获得重要一席。他最新的一本儿童文学作品《梨花里》,以黎里的别称"梨花里"为书名,讲述了名称的由来。他写道:"黎里镇上到处都有梨树,所以古代的时候它就叫梨花里。每到春天,梨花盛开的时候,整个镇子就像下了一场大雪。那是纯真烂漫的白,覆盖了小镇的每一寸土地。那芳香的波浪般的梨花,在一片片古老黑屋顶的映衬下,显得愈加圣洁明艳。"这本书可以说是荆歌为故乡黎里定制的心血之作,它以黎里古镇为背景和故事发生地,将黎里的独特景观、风土人情展示给全国的读者，也赢得少年读者的喜爱。

荆歌是作家中的钢琴高手，比我要专业得多，他曾在西班牙马德里的街头演奏过钢琴。我看过那段视频——荆歌长发飘逸，姿态潇洒，就如同他平时写字画画一般，细长的手指熟练地按着键盘，琴声如流水般从他的指间荡漾。我曾与他合作过两次四手联弹，忘记是什么曲子了，但配合得还行，至少非专业的听众是挑不出毛病的。

那天聊到尽兴，大家唱起了李叔同的《送别》，由荆歌弹曲伴奏，我们随着节拍合唱，安徽作家胡竹峰负责主唱——"长亭外，古道边，芳草碧连天。晚风拂柳笛声残，夕阳山外山。天之涯，地之角，知交半零落。一壶浊酒尽余欢，今宵别梦寒……"当唱到"人生难得是欢聚，唯有别离多"时，我竟然有些伤感，默默离席，走上二楼。我想我应该为这一稍纵即逝的美妙时刻留下一些画或文字。

我画了两幅马，一匹奔跑，一匹醉卧。《醉卧图》是留给荆歌会客厅的，我还题写了我的一首诗："风吹树摇云卷舒，忽来阴雨遮穹庐。醉卧不知身何处，直把大都作上都。"这首诗灵感来自宋人林升的《题临安邸》，但我只取其中的"醉"字，而"醉卧"的状态或许是我与荆歌这两个好酒之徒的一种写照。

这时楼下的书房安静下来,时至夜半,我知道我们该到"一壶浊酒尽余欢,今宵别梦寒"的时候了。

夜半的黎里美妙之至。沿街的灯笼一直延展,倒映在碧绿的水面,为古镇营造了夜的静谧。贯通古镇的是一条丁字形的河流,它有一个诗意的名字——黎川。我们沿着河边散步,不时为对岸雕刻精致的缆船石惊叹。所谓缆船石,就是用缆绳固定船只用的石锁,形状各异,纹饰精美,有象鼻形,犀牛角形,还有如意形、花瓶形和稻穗形,包罗万象。看着这些缆船石,我想起了我们蒙古人雕着吉祥花纹的拴马桩,它是游牧文化和马背民族的一个标志。不同的生存环境和生活方式造就了不同的审美观念和文明形式,但是对美的渴望却是人类共通的理想和追求。就如同马是蒙古人早期的交通和运输工具,船也曾是黎里人无法离开的交通和运输用具。相传清朝嘉庆年间,黎里的商贸非常发达,水上的船楫穿梭往来,运货载人。两岸商铺相连,人声鼎沸,一派繁荣。但随着水运的衰落,黎里逐渐回归到了远古的宁静。此时,黎川河水如镜,梦幻般地反射和追溯着往日的繁华与喧嚣。

走着走着,夜色中只剩下我和荆歌两个一胖一瘦一高一矮的身影。灯光下,我忽然发现荆歌的面貌酷似少年柳亚子的一张照片,清瘦、长发,目光炯炯。但我更愿意荆歌像晋代的张翰,恃才放旷，愤世嫉俗，并迷恋美酒和家乡的美食。当年有人问张翰："卿乃可纵适一时，独不为身后名邪？"张翰的回答是："使我有身后名，不如即时一杯酒。"(《晋书·文苑列传》)这或许才是我理想中的荆歌兄吧。

第二天，我们来到了芦墟，这是黎里镇下辖的一个古镇，也是荆歌少年成长的地方。我没有查到"芦墟"这个名称的由来，但"芦"和"墟"两个字的组合，让我感受到一种美妙而又伤感的诗意。这是一座仿佛依然在二十世纪八十年代时空下的江南小镇，几乎没有商业和旅游开发的痕迹，在保留江南小镇的原初状态的同时，透着一种沧桑的怀旧气息。如今这样的小镇很难见到了，这种感觉我在广西桂林的平乐县城的老街曾经有过。荆歌曾经写过一篇《人在芦墟》的散文，文中写道："正如我对朋友们所描述的，它也许是所有江南古镇中最特别的一座。在这个镇上，你几乎见不到一个游人，也不会看到为招徕游客而搭建的任何设施，连红灯笼都没有一个。它依然安静地留在原地——这个原地，是什么时候呢？一九八〇年代，还是更早的夏天？街道还是从前的街道，小弄还是过去的小弄。一些开着的店铺，其布局还是我少年时的模样。观音桥边的一座老建筑，它虽然破败，却是那样的好看。"这是荆歌离开四十年后，对芦墟的感怀。

天性如此

我们走进一座跨街骑楼,楼的墙面由于年久失修,白色已经褪尽,露出灰色的水泥,上面覆着绿色的苔藓。门楼上方留存的癸亥年间的石刻匾额"棣萼联辉",让人感到了历史的斑驳和时光的无情。它肯定不是1983年的癸亥,它应该是1923年之前,今年正好一百年了。楼内的木板楼梯显然已被废弃,上面堆满各种杂物,一个老人埋头在石台上搓洗着衣物。荆歌提醒我们,芦墟外来的游人很少,我们属于不速之客,所以希望我们谨言慎行。但老人对我们这一帮人的无视,让我感觉楼的主人对我们这种未约而至之人已经见怪不怪了。

我们沿着芦墟镇的主要河道——武陵溪河岸前行。其间,不断有人用吴语方言与荆歌打着招呼,有的是他的同学,有的是他过去的邻居或同事。1976年,荆歌高中毕业后,曾在芦墟的照相馆做学徒。同行的作家王祥夫一定要他带着我们去他工作过的照相馆看看。荆歌说,照相馆去年就拆掉了,我们只好漫无目的地往前走。经过一家渔具店,大门敞开,荆歌转身走进去,与店老板攀谈几句,竟然买了一张渔网出来。我问他:"黎里的河能让网鱼吗?""不准的,"他答道,"但买个预备着,万一呢。"他说这家渔具店的年头比他的年龄还长,小时候,他和父亲就到这家店里买过渔网。他提着渔网,为我们讲述着渔网的历史——那个年代,大人们用的渔网是麻绳编织的，不如现在的尼龙丝结实耐用，泡水久了就容易腐烂。但从生态学的角度看，麻制渔网更符合自然的规则，尼龙绳是化学合成纤维，长年不能分解，而那些废弃的渔网，会给河道还有水上水下的生物，造成堵塞和无法弥补的污染。

我原以为荆歌买这张渔网，其实是想买回一段回忆，但现实中的渔网已经不是回忆中的渔网，它是个工业化的替代品，而这个替代品对荆歌和我来说是必要的，它唤醒了我们对历史的回望，还有对现实的思考。

看过了黎里，再置身芦墟，似乎穿行于两种空间，两个时代。我不能说哪一种更好，前者是希望，后者是记忆，都挺美好。人需要在两种时空中行走，才能让自己的一生变得完整。芦墟是少年荆歌的，黎里是中年和老年荆歌的。我们希望它们都保留下来，彼此对照，互为镜像。因为我们既需要人间幻境，也需要人世的烟火，两者不可或缺。

"自然写作"三题

当我面对沙漠

从我对内蒙古的记忆和经验来说，草原是我非常熟悉的原乡，但是对沙漠我却缺乏了解，总感觉那是一个遥远的、陌生的，甚至是他者的世界。这次参加《草原》自然写作营的活动，当我面对乌兰布和大沙漠时，我静默了，同时也被沙漠的壮美和雄阔震慑住了。我想象过沙漠的另一个尽头是什么，我们以什么方式和决心才能抵达。但是，当我真正来到它的面前时，我有些胆怯了。刚才我一个人走出帐篷，穿过一片稀疏的树丛，翻越那道沙梁，我想一个人面对沙漠。当我看到埋在沙粒中已经干枯的树枝，如同枯骨一般泛着

"自然写作"三题

白色的光,我感到了它吞噬一切的力量,如同亘古以来的历史与时间。眼前的景象让我仿佛看到月球凹凸的表面,还有火星荒芜的景观。在自然面前,或者说在沙漠面前,人类是幸运的,它能经过多少万年的进化,能够从动物界脱颖而出,成为地球的主人;但人类也是渺小的,在沙漠世界,它的生存能力都不如骆驼、蜥蜴,甚至小小的黑色甲虫。这便是大自然的神奇和理性。我们知道,沙漠本来没有这么大的面积,是由于气候的变化,人类对森林、草原生态系统的破坏,大地表面失去植被才形成的。所以沙漠是地球的伤口,是大地的皮肤绝症,并且它还在慢慢扩展。最近我在北京的沙尘暴中,深刻地体验到了沙漠对人类生存的困扰。所以,沙漠一方面让我们感受到了壮观、苍凉的雄性之美,另一方面又是对我们的一个警醒。如果我们不遵循自然的法则,或许在将来的某一天,我们的地球将被它覆盖,就像现在的月球和火星一样。我们提倡"自然写作"就是应该关注这些问题,重新认识和梳理人与自然的关系。

梭罗有一句话,经常被自然文学作家引用,他说:"只有在荒野中才能保护这个世界。"我的理解是,或许只有荒野才是这个世界的原貌和本相,自然、自由、自在而有生机。或者说荒野是人类最后的一片净土,它是地球袒露的皮肤,它是地球自由呼吸光和太阳的感官。约翰·缪尔也有一句名言:"在上帝的荒野里蕴藏着这个世界的希望。"我的理解是，荒野既是自然、原初的生命之乡，也充满了让人敬畏的神秘所在，让面对它的人既新奇和渴望，又会感到自身的渺弱和畏惧。荒野既是他者，也是镜像，它能让我们反观自身和内心。同时，它也会让我们回头俯瞰社会和荒野之外的罪孽。梭罗还说过："安宁祥和的自然绝不会传授甚至让世人接受虚假绝望的信条、精神的奴役……"所以荒野是我们观照自己的一面镜子，唯有在面对荒野（自然）时，人才会面对自己；唯有在面对自己的时候，人才知道自己是自己，而非工具。

自然原型与人类记忆
——再谈"自然写作"的意义

第一次来到内蒙古锡林郭勒盟正蓝旗的金莲川草原，就被这里神奇的自然景观和人文历史所震撼。尤其是看到被草原覆盖的元上都遗址，感慨万千。日本学者、作家鸟居龙藏在他的《蒙古旅行》一书中，记录了他在二十世纪初，也就是一百多年前考察元上都遗址的经历。他探访周边的蒙古族，竟然没有一个人知道这被青草和树木埋葬的废墟曾是元代蒙古人的都城（上都，是元代的第二都城，忽必烈每年夏天都要从大都巡幸来此居住)。由此我想到柬埔寨的吴哥窟,它是高棉人辉煌的历史遗迹,是世界上最大的庙宇,却被自己的民族在记忆中完全抹除,到了十九世纪才被法国生物学家亨利·穆奥无意中在原始森林发现,并写在了《暹罗柬埔寨老挝诸王国旅行记》中,使它终于被世人所知。两个遗迹,距今都不过千年,却是同样的命运。由此我也震撼于大自然的伟力,它以自身的修复和再造能力,用地球表面最本初的植物——草原与森林,还有时间和风霜雨雪,消除了一切人类的痕迹,哪怕是曾经的恢宏与奢华。所以,人在自然中就如同匆匆过客,"来自尘土,终归于尘土"。另一方面,我想,假如没有像鸟居正藏、亨利·穆奥这样的考古学家和作家的发现和文字记载,恐怕这些人文历史遗迹,包括我们人类的记忆,都将被时间的洪流与大自然的轮回交替所吞噬。这就是作家在人类历史和文化中存在的价值——他们是记忆的保存者,也是遗忘的抵抗者。所以,我们今天所谈到的"自然写作"乃至"生态文学",其实就是要重新认识自然在人类历史和我们记忆中的位置,它不光是背景或场域,它更是地球真正意义上的主角。但是,另一方面,假如没有人类的思想、历史和记忆与之互动,相互反照,并赋予自然形而上的意味,自然也就失去了它存在的意义。

自然文学、生态文学的创作和研究这几年热度上升,绝非偶然，究其原因，我想起评论家项静最近的一篇文章《从博物到非虚构：自然生态写作的一条路径》，她说："全球疫情下对人类生存、环境和生态的重新思考，长期以来笼罩全球的生态危机在文学中的反应，或许还有对以人类为中心叙事的日渐疲态。"我以为她对"以人类为中心叙事的日渐疲态"这个表述很重要，她指出了工业革命后，"现代性"理论提出以来，世界文学和中国文学的"去自然化"趋向，这也正暗合了我在一篇文章中对十九世纪下半叶以来文学"向内转"所产生的人与自然渐行渐远的推断，即作家写作过于偏重内心和形式，强调"本我"和"潜意识"，甚至揭开了"欲望化"写作的潘多拉盒子，加剧了人与自然的疏离和对立。（见《"自然写作"：一种文学与生存的建设性选择》）

当然，现今中国的自然与生态文学研究还处于初级阶段，理论和观点以舶来品居多，自主者甚少，我们的创作实际与理论研究严重脱节，所以，我在今年《文学报》主持的"关于一种新的世界观和方法论：自然、生态文学的再讨论"，也是试图引发主流批评界对自然与生态文学的关注和认识。自然文学绝不是另起炉灶的类型文学或主题创作，更不是"不落人间"（李敬泽语）的"乌有乡"式写作。自然写作本身就是文学主体的重要部分，就如同"自然"自古就是文学的原型一样。

"自然写作"三题

乡村是人化后的自然

第二次来清水河高茂泉村,看着一望无际、漫山遍野的谷子地,心里多了一份感慨。乡村是人化后的自然,它是平衡城市与荒野的中间地带,它比令人生畏的原始大自然更让我们亲近,也更丰富,因为它不仅涉及自然,还有关社会、经济、文化等方方面面。它不仅具有自然景观的复杂性,更保存着自然深处的生命的力量。这就是乡村美学。我们都来自土地,我们终归还于土地,所以我们更应该热爱它,珍惜它的每一片田野,每一处水源,还有每一颗粮食。

我们提倡自然写作,却常常忽略了脚下的土地,忽略了我们身边的乡村,这恰恰是我们更应该关注和书写的所在。当然,随着城乡一体化的推进,我们的乡村也在变化,有喜有悲,当我们传统的乡村景观逐渐被新的乡村图景所替代的时候,我们不能忘了它所积淀和留存的乡村精神,它是我们的社会之根、文化之源。所以,我特别看重清水河以及高茂泉村,它为我们保留了中国乡村的文化之魂、生存之本,甚至已经为我们预设了中国新乡村剧变的美好前景。

「金秋粟米香」：乡村文学艺术现场自然写作营写生 清水河高茂泉村

天性如此

多年前，我写过一篇文章，题目叫《我不是画马的人》，表达了我对马和画马的一些感想，同时也是试图撇清"马"对我的艺术创作的符号化限定。但是我依然被符号化了，尽管我画了很多罗汉、怪石，还有人体和花鸟，并在写章草书法——这让我有些许尴尬。但仔细回想，我这几年花时间最多的事情还真就是马，没办法，蒙古人的天性如此吧。

前年，我回故乡呼伦贝尔，忽然有了想买一匹马的冲动。一个家里有万亩草场的朋友，还有在浩特陶海牧场工作的文友，愿意为我实现这个愿望，答应帮我寄养，甚至可以给马装上电子定位设备，让我在两千公里之外的北京随时明了马的行踪。但我还是放弃了这个打算。首先，我不可能经常回去，而马是需要主人陪伴的，没有近距离的呵护，它永远不会属于你；其次，电子定位在我手机里的显示不过是一个符号，我无法真切地感受和观察马的动态，更不可能了解马的情感和心理。在蒙古族传统游牧生活中，有"五畜"的观念，即马、牛、骆驼、绵羊、山羊，马居首位，因为它是比牛、羊甚至骆驼更通人性的家畜，我这样自作主张与它建立一种契约关系，我觉得对不住它，也很自私。所以，我最终打消了这个念头。

我还是在我的纸上，笔墨里"养"马吧，就像古代的"叶公好龙"一样，让我的马存在于我的内心和想象之中。我虽然没有一匹属于自己的真实的马，但我的心属于整个草原，属于草原上的每一匹马。

得意而忘乎形

烏汗譜雪沈大漠
句芒鞭鼓入家詞
玄波冷世相鄗笛
丙申冬 愕亭自題
鄗子園

书生胸臆有经纶

——记一个被忽略的艺术家马骀先生

第一次来西昌,感觉并不陌生。大学时,我们班里有两位西昌籍的女生,都是彝族。看她们独特的以黑、红、黄三色为主色调的服装和民间漆器彩绘,还有听她们讲起家乡的故事、彝人古老的神话,我感觉那是个遥远、神秘、有历史深度的地方,让我充满了遐想。三十多年后,我终于来到了这里。

我观览了建昌古城、邛海秀色,还有象征着民族团结历史的彝海结盟地,品尝了独特的彝家美食,这些都给我留下了非常美好的印象。而最让我意外的是我知道了西昌还是我敬重的画家马骀的故地。其实,在当今画界,知道马骀的人并不多,虽然我们都临习过他的画谱《马骀画宝》,还有《马骀画问》,但我们更多记住的

天性如此

是《芥子园画谱》(文学家李渔主持编撰)，这个面世于清代康熙年间的习画课本。中国画的学习讲究临摹，没有写生和素描的概念，又如书法，讲究来历，遵循碑帖。中国最早的画谱是南宋时期的《梅花喜神谱》，为宋伯仁所绘制。这是一部专题性的画谱，为历代画家所珍视。吴昌硕有诗云"家传一本宋朝梅"，就是指这本画谱。可见画谱对中国绘画传承的重要意义。我没怎么临摹过画谱，只是喜欢读，《马骀画宝》引起我的特别关注是因为它较之《芥子园画谱》对传统绘画和画谱有自己的变化和突破。二十世纪初，西学东渐，中国画受到了西洋绘画的影响，甚至冲击。《马骀画宝》显然吸取了西洋画的长处，在人物画中尤其明显。他吸收了西画的人体解剖、透视和比例分析的方法，使人物形态和结构更加准确和生动。我自小画画是从西洋画开始的，画素描、速写，还有水粉和油画，所以我对《马骀画宝》别有心得。当然，它的笔法和意境依然是中国的，它是建立在中国绘画——工笔或者写意的基础之上的一种新尝试。所以，他的人物，包括花鸟、山水，都是从生活和现实的写生中得来，而不完全是沿袭古人的程式和方法。

马骀先生是清末民初的画家，同时他又是著名的美术理论家和教育家。他生于四川西昌，祖籍甘肃西宁府，回族人。他自小习画，十八岁拜西昌名家周镜塘为师。他遵守师傅的教导，在临摹前人绘画的同时，更注重写生实践。他几乎走遍了西昌周边的山山水水，师法自然，写生作画，进步迅速，不久便声名鹊起，被誉为西昌第二画师。但是，他没有满足于此，在师傅的支持下，他离开家乡，先后到昆明、贵阳、成都等地游历。传说他出门时身着蓝布长衫，脚穿草鞋，背着一大包画稿。后来他受回族同乡绥远都统马福祥的盛情邀请，到祖籍甘肃和绥远暂住、创作了大量的作品，使其名利双收、誉满塞北。但是，他并没有停留于此。1921年，他游历了大半个中国，来到了他人生最后的落脚地——上海。这一年他只有三十五岁。

从事业的角度说，马骀定居上海是正确的选择，在这里他结识了吴昌硕、黄宾虹、徐悲鸿、张大千、刘海粟、张善孖等画坛名家，还拜海派书画界的领袖曾熙为师，学习诗词、书法，使其诗、书、画并进。同时他还在上海美专担任教师，出版了他的国画作品集和国画理论专著《马骀画集》《马骀画宝》《马骀画问》《企周画剩》《四言画诀》《马骀画诀大全》等多种，可以说在上海滩，他达到了他人生和事业的顶点。从他给友人的信中可见他当时的春风得意："在上海十余年，纵观古人今人之笔墨，实在高古而雅，检十年前之作品观之，不胜惭愧万分……幸弟不耻下问，逢人请教，竭力避弃川派之恶习，今得立足沪滨……欲求后世之名，青史一页，非在上海得名不可，不然任其绝妙之笔，难免不淹没也，今上海川中画家，只张善孖，张大千与弟三人，尚受大众赞喜。"1930年他东渡日本，在日本帝国画院举办了个人画展，获得巨大成功。之后他的画又先后在英国、巴拿马、新加坡及中国香港等地展览，声名远播，被誉为"世界画笔"。

马骀为人低调，没有什么传奇故事，也没有什么风流韵事。他不但不攀附阿谀权贵，而且性情耿直，疾恶如仇。早在西昌时，他就画过讽刺漫画《谁得功名图》《棺材里伸出手来要钱》《看你横行多久》《胡儿牧猪图》等，讽刺买官卖官，批评祸害百姓的军阀和官僚。而且更重要的是，他在自己取得成功后，不忘扶持、教育后人，专心编撰画谱和课本，以保持中国传统绘画的传承和发展。正如他在《马骀画诀大全》弁言所说："国画十三科，从无完善模板，故美术难于普及，如山水一科，虽有芥子园画谱行世，但多有画无法，有法亦不详……即觉教材之不善，学成者又因无法外之变化，缺少研究之价值，以此研究国画，始终无适用之书，鄙人有鉴于此，欲使美术发展，为矫前弊，故有本编马骀画诀之作焉。"自称没学过《芥子园画谱》的黄宾虹对《马骀画宝》却评价非常之高，他在书的序言中写道："马君企周（马骀，字企周），画宗南北，艺擅文辞，众善兼赅，各各精妙。"康有为为其题词："凤毛麟角"。

他的老师曾熙和张大千还分别为其题写书名。《马骀画宝》确实是不可多得的美术教材，尤其在画谱中的每一范画都配有作者的题款文字，章法讲究，内容是对画理、画法、画史由浅入深的讲解。我收藏有他三个版本的画谱，一个是1985年3月的荣宝斋版，一个是2002年12月的上海古籍版，再一个就是2018年6月的安徽美术版。我收藏它们的时候并不知道马骀先生是何许人，只是喜欢其中范画的构图和书法，两者相得益彰，而且他的笔法和造型也很少程序化，每幅范画都堪称构思独特、独立成形的作品。

马骀的画一般人见到的不多，我也是最近才在网上看到一些，没想到他对画马的研究也颇有匠心，他的《散牧图》中的卧马尤其让人亮眼，没有沿袭前人，姿态与神情颇为独到。还有《赤马瘦黑马肥》以写意的方法，描写了一瘦一肥两匹马的状态，线条精准，省略处又极富表现力。他的《霜雁一声语》我也很喜欢，姿态生动的大雁，近景的雪芦花和远处的雪山，前后呼应，笔触炼达而意境全出。当然，总体来看，他的山水画相比张大千的泼墨山水确实创新不足，有些模式化，也相对保守拘谨，缺少感染力和冲击力。但是从另一方面说，我对马骀先生的过早离世有些遗憾，五十二岁，正是一个艺术家创作的黄金时期，英年早逝，这是否也影响了他在画坛的地位和受关注程度呢？我们知道，与他同时代的四位大师大

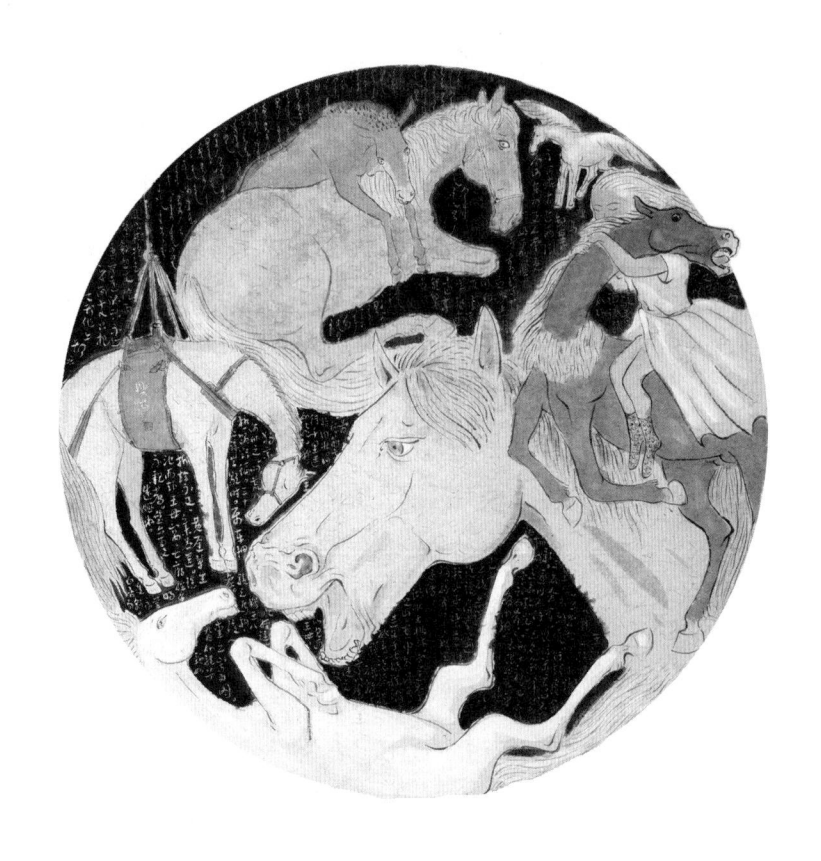

八骏图　纸本设色

都长寿,张大千八十四岁,黄宾虹近九十岁,齐白石九十三岁,只有徐悲鸿五十八岁,但也比马骀先生大了六岁。

总之,通过对马骀先生的考察,我感觉一个艺术家的成功以及身后之名,是多种复杂的原因构成,绝非后世所考"污点"一种,也不会因为我们的感情意志而改变,但是马骀先生被人忘却或冷置确实不应该。据凉山自治州作家协会副主席、作家蔡应律撰文说,关于马骀的历史资料非常少,只有查阅《西昌县志》,才对他有了一些的了解。更让他意外的是,他曾委托西昌市图书馆在其馆藏数据库中代为查找有关马骀的资料,回复竟然是:"没有马骀相关资料。"幸好前几年,由西昌文化界的几位朋友联名发起并向西昌市委、市政府递交了《关于建立"西昌马骀纪念馆"暨"西昌诗书画院"的请示》,受到有关方面的重视和批复。这对西昌人民来说绝对是一件大好事,也是告慰马骀先生在天之灵的一个补救举措。

马骀先生1912年二十六岁离开西昌,游历全国,1921年定居上海,直至1937年去世,没有回过家乡西昌,但是他时刻没有忘记故乡的养育之恩。他自号"邛池渔父",常在画中以此落款,就是为了记住家乡的邛海。当他听说西昌修撰县志,便绘制了十四幅"邛都八景六名胜图",并制成锌板,赠送给县修志局。他还非常思念和关心在西昌的女儿马毓英,给她寄送自己画的抗战漫画,鼓励女儿为抗日宣传作出贡献。

在离开西昌的前一天，在我下榻的观海听涛艺术小镇酒店旁边的文化园区内，我看到一个"马骀美术馆"字样的招牌，因为疫情没有开门，虽然它可能是一家民间自办的小美术馆，但是它表明西昌人已经开始认识到他们的家乡曾经出了这么一位大艺术家，他们以此为傲，以此为荣。我希望西昌马骀纪念馆早日建成，那时我会第一时间去向这位被埋没的艺术家和美术教育家表达敬意。

最后，我以著名民主革命家田桐为他写的一首诗作为本文的结尾：

大江南北一游人，
天外昂头自在身。
收拾烟云洗兵甲，
书生胸臆有经纶。

每一个深刻的灵魂都需要一张面具
——张洁的自画像

作家张洁画画的出发点与众不同，无关闲情逸致，也非文学写作之余的填充和映衬；她画画完全是发自内心的需要，是一种对现状的反抗，是一个将多半生献给文学并被无数荣誉压身的写作者对文学乃至文字这种表述工具的怀疑、失望与反省。应该不是巧合，她将她迄今为止最重要的作品取名《无字》，虽洋洋九十万言，却通篇是一种无法言说、无法表述的痛苦与绝望。当沉默比言说更有力量的时候，它得出的结论绝不是对言说的否定，而是守护。在她剔除了几篇自认为早年的不满意之作，比如《爱，是不能忘记的》——这篇小说曾经家喻户晓，至少影响了中国的两代人，并从电脑上删除了一部未完成的长篇小说之后，张洁决定终止写作，彻底与文坛告别，开始她单纯而无旁骛的油画创作生涯。评论家李敬泽曾把这种决绝看作是《无字》之后的"无字"，"在《无字》之后，张洁用画，用线条和色彩与这个世界对话……"但我以为，这与其说是与世界的对话，毋宁说是张洁对世界的缄默，她希望用无声的具象与抽象远离这个世界的喧嚣和浮华。所以，我把张洁的选择当作是她在文学/文字之后，发现并找到的另一种表述或存在方式。

因为最早看张洁画画，并与她有过多次交流，我对张洁的油画作品有一定的了解。如果用传统的题材分类，张洁的作品可分为风景、静物、动物和人物肖像等。但这些作品无一例外都没有标题，只有时间标注和英文签名，这也正应了她"无字"化的本意。在她的所有作品中，自画像无疑是最重要的组成部分，也最值得我们仔细研究和解读。我们知道，在西洋绘画史上，自画像占据了非常特殊的位置。从丢勒到伦勃朗，从卡拉瓦乔到蒙克，从珂勒惠支到弗里达，无不如是。而凡·高的自画像尤为重要，假如凡·高没有画过自画像，便不是现在的凡·高，他成为世界上最著名的艺术家也是不可想象的。当然，张洁的自画像并非传统意义上的自画像，而是更接近现当代意义上的自画像。所以，她很少承认或者强调哪一幅是自画像，她更倾向于用"肖像画"这个词，而且她尽力淡化肖像的写实性，以及面孔与创作者的近似度。

张洁的自画像我印象最深的有三幅，即《2014》《2011》《2014.2》。《2014》画的是一个光头女人，鼻子、嘴和下颚上扬，一种典型的冷峻高傲姿态，但她的目光却是平视的，眼神中隐含着既矛盾又有所期待的柔光，并与背景和远方的蓝色融为一体。作品的构图颇有意味，一般艺术家画头像，大多采用立式的构图，而张洁却偏偏采用横式的构图，且头像紧靠右侧，占据画面不到一半的位置。这是源自中国传统水墨中的空白，抑或是作者本想在人物的对面画一个什么与之呼应而最终放弃？似乎都不是。我曾试图在电脑上对这幅作品进行合理的剪裁，但得到的效果总是不如之前。作品的最精彩之处，我以为是那高高的前额和前倾的下颚，一上一下，两条优美的弧线，构成了画面整体的平衡，而两条弧线的相交点，恰恰就是我们所追求的黄金分割的"C"点。这当然是张洁天然的直觉所造就的特殊的艺术效果，却给我们谜一般的回味。

第二幅是《2011》，这幅作品从来没有被张洁认可为自画像，但我却非常看重它。我曾经在《张洁是一个神》的文章中专门分析了它的创作过程和潜藏的寓意。画面"是一个穿着中式侧盘扣上衣的女人，在隐约和虚实之间，如一个旧时代的幻影。她的眼神尤其让我感触，侧眼斜视，有妩媚、有柔韧、有宽容、有率真。不知为什么，在这幅未完成而在我看来已经完成的作品面前，我恍惚看到了两个时代的女性,一个是年轻时的母亲,一个是长大后的女儿,两个不同时代的母女在同一个年龄的时间奇妙地重合。这恐怕是天意之作,超越技巧,超越艺术,它是张洁潜意识的一种流露和实现,可能她自己都没有发觉。这幅画让我想起已然远去却在张洁心中永远牵挂的'世界上最疼我的那个人'(张洁很有名的一部长篇散文的标题),也让我想起那个'在五十四岁的时候成为孤儿'的张洁自己。"这幅作品色彩非常单纯,近乎模糊了油画与素描之间的界线,寥寥数笔,终成杰作。幸亏当时这幅作品没有被作者涂掉,让我们能够看到张洁内心中真实的柔软之处。

张洁最引发争议和让人震惊的自画像是《2014.2》。这是一幅具有表现主义风格的作品。画面粗粝、夸张,极富冲击力,用现代主义自画像理论来解释,与其说这是画家自己的面孔,不如说是一副面具。主调的红色与暗影部分的绿、蓝、黑和些许的白,形成冷与暖的强烈反差。红色仿佛燃烧中的火场,侵吞或熔化着周边的绿树与冰床;红色又似喷溅的鲜血,浸染和流淌于绿地与城墙之间。这种红还是带有原型意义的红,它让我想起爱德华·蒙克的《地狱里的自画像》,或者马琳·杜马斯的自画像《平庸的邪恶》。而面具般的脸孔,又让我想起杜马斯的另一幅作品《内奥米》。此刻我感觉这三幅大师的作品好像就是为了图解和佐证张洁的这幅跨越时间的作品而产生并存在。如果说前面两幅张洁的自画像具有显著的女性特征或女性意识，那么这幅作品是超性别化的或者说是雌雄同体的观念在张洁的绘画中的深层展现。对这幅作品我们当然可以有多种解读，我甚至在这副复杂的面孔中发现了许多人物的影子，比如她的眼睛，左边我认为是普鲁斯特（《追忆似水年华》的作者），右边应该是福克纳（《喧嚣与骚动》的作者），而两只眼睛合并一起又是受难与复活中的耶稣，眼神充满了悲悯、救赎与呐喊。嘴也是这幅作品的一个焦点，如果说脸庞和眼神具有男性或者中性特质，那么嘴唇则完全代表了女性化的特征。线条细腻柔美，既性感又傲慢，逼真准确的造型与画面整体的粗犷和面具化形成鲜明的对照，这种反差也恰好印证了尼采在《善恶的彼岸》中的一句名言："每一个深刻的灵魂都需要一张面具。"它是对虚假与肤浅阐释的抵抗。从张洁对这幅作品的偏爱程度来观察，它恰好集中表达了张洁对世俗与庸俗世界的蔑视和疏离。

　　弗洛伊德曾将自画像分为三种，即潜意识、伪装式和替代式。文艺复兴时期还有一种理论，认为"每一位画家画的其实都是他自己"。从这个意义上说，张洁笔下的所有作品都可视为她的自画像。比如她画的山岩、敞开中的门，还有那只昂首远眺的美丽的猎豹，甚至汽车，都是她自画像的曲折的或者说另类的一种体现。她画过几次老旧的汽车，车轮陷在杂草之中，车体斑驳破败，这使我想起我曾经编辑过的她的最新一部散文集《流浪的老狗》。老狗当然是她的自嘲，是对自己孤身周游世界、漂泊流浪的一种心境写照，而破车的处境也是她对身处当下社会的无奈与孤独的一种隐喻。

  以上是我试图从张洁自画像的角度，透过她诗意而富有视觉冲突的艺术语言，揣度张洁油画作品与其个人内心之间的关联。当我为了写这篇文章，重新审视张洁这一系列自画像的时候，不觉记起法国画家库尔贝的一句话："在你所知道的这个笑着的面具背后，我藏起了悲伤和痛苦，还有那吸血鬼般攥着我的心灵的哀伤。在我们所生活的社会里，不费吹灰之力便可触摸到空虚。"这句话某种程度上代表了我对张洁自画像的感受和思考。

  2017年6月25日今日美术馆，张洁的自画像作品《2014.2》在"梦笔生华——中国当代语境中的文人艺术"展中特别推出，我希望这幅神奇的作品唤起更多人的关注，忘掉我们已有的艺术观念，把它作为一件陌生的作品，一个心灵的符号——通过象征与暗喻、看与被看之间的转换，安静且虔诚地领悟、体验张洁绘画的艺术魅力。我相信张洁的自画像也在同一时间寻找并凝视着这幅画的某个未来的观众。

洗澡就是个节日
——《活动变人形》插图记

《活动变人形》是我青年时代就读过的长篇小说。受命为王蒙先生的作品插图,我首先想到的便是这部小说。我找到了当年给我特别触动的父亲带儿子洗澡的段落,它让我想起了童年时父亲带我去公共澡堂的往事。

在干燥凉爽的草原小城海拉尔,夏天,穿过城中心的伊敏河便是我们的大浴场。父亲是游泳高手,他经常带我们姐弟三人来河里游泳,顺便洗澡,荡涤一冬的尘垢和寒气。而在寒冷漫长的冬季,一般只有我与父亲,差不多隔一周或者两周,到河西的一家浴池洗澡。那时候的我比小说中的倪藻幸运,在洗澡的间隙,父亲会买些小零食,给我补充体力。因为难得一次洗澡,人们往往会在这里待

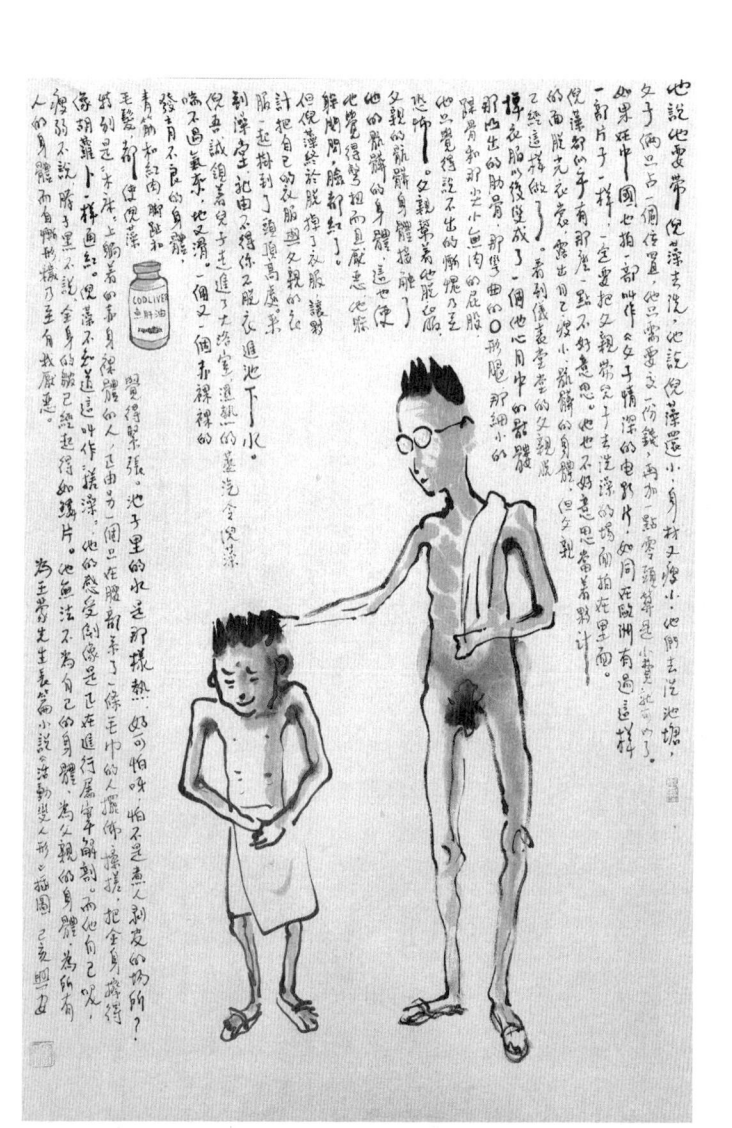

她说她要带倪藻去洗,她說倪藻還小,身子骨又瘦小,她們去洗池塘,孩子两口占一個位置,但只需要支一份錢,再加一點零錢就行了。如果班中國也拍一部叫作父子情深的電影片,如同在歐洲有過這樣一部片子一样,定要把父子有那麼,到了她也不好意思带她去洗澡的媽媽那炸彈里面。倪藻和孩子有那麼,到了她也不好意思带她去洗澡的媽媽那炸彈里面。一到了她也不好意思带她去洗澡的媽媽那炸彈里面。看到儀表堂堂的父親赤裸的面脫光衣裳。於是就變成了一個她心目中的新鮮恐怖了。父親着他脫下外衣,那些曲的肋骨和那些凸出的肋骨,那瘦弱的庇股,她以為瘦瘦他能胖。父親蹲着身體接他的他的欺骗的身體而且厭惡他那瘦弱的肚皮。這時,他覺得身子骨多麼硬朗而堅實,他真誠地羡慕着他父親的身體,但他覺得羞恥而脹紅了臉。

剝開陰,臉卻紅了。計把自己的衣服擱到父親的衣服上。倪藻緊跟着脫掉自己的小無花的小褲衩,一起挎到了頭頂的高處。他渾身不挣揮之脫衣退池下水。

COD LIVER 魚肝油

他覺得緊張,池子里的水這那樣熱,如可怕呼,怕不是熱水到煮的场所?别是下午,池子倆个身體深邃像那令人魔鼻惊抖下,她心感受到像是正在進行屬宰早解剖,而他的他身不不說道叫作泽澡。他心感受到像是正在進行屬宰早解剖,而他向自己呢?他無法不說,體髒的人、可能的扭曲的做作。他心感覺到這身體的人,可能的扭曲的做作,把全身擦得特別青,他感覺到這身體的毛巾的人擦洗得青紫,都硬和紅肉謝露出自己的毛筋和紅肉謝露。的毛筋和紅肉謝露起得如玻璃片。她無法不說,體髒和有我們惡人的身體而有體乃至有我們惡人的身體而有體乃至有我們惡

為王蒙先生長篇小說《活動變人形》插圖 己巳明書

為王蒙長篇小說《活動變人形》所繪插圖一

为王蒙长篇小说《活动变人形》所绘插图二

上半天，反复地下水，上来后还要躺在床上聊天、休息，甚至迷瞪一会儿，再下水。在那个时代，洗澡就是一个节日。我当时无法懂得父亲对儿子的关爱，看了这一段王蒙先生的描写，才让我回味当年的情境，深深领悟父子之间的无法言说的情感。所以，我选择了这一场景和细节。

第一次在公众场合脱光自己，露出自己稚嫩瘦小的刚刚发育的身体，确实需要勇气。在大人林立，有的健壮有的瘦削、有的衰老有的青春、有的光滑有的粗糙的肉体的丛林中，我感觉到了自己的渺小，它不光是一种羞愧，更是一种尴尬，就仿佛自己的秘密瞬间曝于光天化日之下，被人察觉和揣度。其实在那个时间，所有人都一样，没有人关注你，只有父亲会仔细地上下打量你，关心你身体的成长和变化，然后微微一笑，那笑里有鼓励，有自豪，也有一种对未来的期待与想象。倪吾诚作为父亲和丈夫都是不合格的，但是在浴池，父子俩赤裸相对的那一刻，我看到了人类本能的超越时空的父与子的关联。

另一幅是赵尚同与倪吾诚的对白。与其说是对白，不如说是倪吾诚所遭受的痛斥。两人的冲突某种角度来说，也代表了"五四"以来，中国知识分子在封建传统文化与西方现代文明之间的转换或选择中产生的痛苦与迷茫，同时深刻地批判了在这个群体中存在的软弱虚妄、夸夸其谈、缺乏责任与使命的利己主义的实质。

老车的画

似乎最近作家们画画写字的多了,这不足为怪。中国自古代到民国的文人中有几位没画过画?写字更是传统文人的基本功。自两年前我将少年时期学过的绘画捡回来,忽然发现自己有了新的生命。三十年的文字生涯,感觉自己一直在奔走,脚步却渐渐缓慢蹒跚,而画画仿佛让自己恢复了一双可以飞翔的翅膀,它让我时时俯瞰到文字无法达到的疆域。所以,我非常羡慕那些很早就给自己插上翅膀的人。车前子(大家都亲切地叫他老车)便是其中一位。认识他十多年了,但真正认识他是因为他最近的画。很多人迷八大山人,但是看了老车的画,你会觉得老车的画距离你更近。八大的画孤傲、凄苦,甚有愠怒,而在老车的画中,你读到的却是一种自娱、自由和自在。

如果非要拿古人和他比较，我更愿意将老车比作当代的徐渭。徐渭是晚明时期的书法家、画家，同时也是杰出的诗人，他一生默默无名，身后才被公安派的文学首领袁宏道发现并推荐给世人，之后影响延续至今。徐渭的书画，按张岱的说法："青藤之书，书中有画；青藤之画，画中有书。"他的"以草书入画"的理念更是中国大写意绘画的一个美学极致。老车的画某种程度上继承了徐渭的风骨、趣味和情致。在此基础上，他又在探索一条自己的独特的路数。他重视色与墨的关系，以墨构架，以色点睛。而在书法与绘画的融汇当中，他突破了"近取诸身，远取诸物"的形象约束，将字与画抽象，甚至符号化，使书法的点、线与绘画的面在有限的空间内淋漓尽致地发挥。细腻时像丝丝入扣，肆意时如胡涂乱抹。他的线枯如藤条，却透着生的韵律和禅的玄机。这些特点在他的小画中尤其显著，那一条条细窄狭小的纸片上，却蕴藏着无穷尽的变化和想象，这是老车独特的笔墨世界，也是作为诗人画家"涉笔潇洒，天趣灿发"的才情的体现。

不知不觉中，我与老车这一代都过了知天命的年龄。我们早年因文学相识，又因笔墨再次认识，这是一种志趣相投的难得的机缘。借用徐渭的一句诗："世间无事无三昧，老来戏谑涂花卉。"这或许正是我辈的真实写照。

咫尺之狂不输纸上
——谈何立伟的画

何立伟是我欣赏的文学兄长,他的短篇《白色鸟》我大学的时候就读过,印象极深,汪曾祺先生称之为"唐人绝句""诗化小说"。后来知道他画画,起初是漫画,多用硬笔。近年又开始水墨创作,办了画展。他的漫画多是身边世态的一些感悟,文字或哲理,或讽喻,常有惊世点睛之语,充分发挥了一个文学家的才思和锐利。他的漫画,文字大于绘画,或者说画其实是他文字的补充或形象化的再现。而到了水墨阶段,他已然完全摆脱了绘画之于文字的附属地位,将中国水墨或者说是文人水墨的形与意、字与画的功用发挥到极致。

"文人艺术在一定程度上可称为人文艺术——一种体现出追

求生命存在价值的艺术。而文人艺术又最重视洞穿文明的繁文缛节,超越既定的成法定式。这双重特性,决定了文人艺术必然是自我的,非从属的,具有人文关怀,又超越凡常秩序。"几天前,在"枕流漱石——当代文人艺术展"朱良志(著有《南画十六观》)的序言中,我看到这段话,觉得以此来考察立伟的画再合适不过。文人画自晚明被董其昌正式定位以来,形成了专注修养和意境的文人画传统,即从以往公共化的实用领域,进入个体化的心性修养和审美娱乐的轨道。卢辅圣将其称为从"为人"到"为己"的转换。(见《中国文人画史》)

正如《南史》所载:"能书善画,于扇上图山水,咫尺之内,便觉万里之遥,矜慎不传,自娱而已。"但是,立伟的水墨不光是自娱,他既保留了传统文人的性情,又自觉地直面当下社会的繁杂和百怪。一方面,他是自我的,另一方面也是反叛的,所以,他的画超越了传统文人画的定义,"入世"而不"欺世","世俗"却不"媚俗",形成了自己独特的观察和理解社会的一种写意方式。

我非常欣赏他的那幅《我的生活只比天上的云朵快一点点》。画面是一个人骑着单车,眼睛望着退去的云彩,那被风高高撑起的变了形的衣背尤为神来之笔,它既是整个画面动态效果的焦点,又表达了画家幽默,不拘写实的情致。而《没有我们哪来的太平洋》

这幅画则是"我思故我在"的另类解读，它可以看作是中国知识分子面对未知世界的一种主观、幽默而又无可奈何的想象。当看到《在悬崖之上我们唯一能做的事就是停止一切眺望》和《既然不能挑选梦那就挑选睡眠的姿势吧》这两幅画的时候，我的感受是五味杂陈。显然这是他对当下小人物的境遇和内心挣扎的真实展露。是消极？是无奈？是幽默？是自嘲？或是悲哀？好像都有，但其实里面还有救赎和守护，这是我的理解。还有《生活就像是被啃过的骨头》，这幅画后一句题字是"你望而生畏却又津津有味"。对生活的本质我们可以有无数种解释，但立伟对生活真相的幽默而又残酷的概括，让我心里一颤。

史铁生曾经这样评价立伟的画："从他的漫画中，我对幽默有了初步的印象：幽默是机智地证明机智的无效，是通向智慧的绝境，是看强人败绩于宽容和泼妇受阻于柔顺的刹那，是快乐地招待苦难的妙举，是拱手向自然出让权力的善行。"这句话同样适合他的水墨。我以为，立伟的幽默是机智的，巧妙的，但没有圆滑，他可以"戏墨"纸上，但绝无耍贫撒泼装犯。他是个节制并有情怀的人，他能穿透生活的缺失和虚妄，但他同样可以在俗务中抓住一丝转瞬即逝的诗意和快乐。（参见《刷牙图》和《喜欢朝窗外看的人不容易有脾气》）

天性如此

　　回想我与立伟确切的见面，大概只有两次，湖南凤凰和洪江，我与鲍昆、格非、西川，还有老树（当时他还没红成现在这样）参加欧阳星凯的一个摄影活动。我们一见如故，原来他还是个不错的摄影师。他一身白色西装，裤子的上沿还挂着时髦的吊带，像个东南亚来的帅哥。他手里端着相机，不放过任何精彩的瞬间和细节。给我的印象是，文学界除了陈村，恐怕要数他是最勤奋的摄影师了。去年，他来北京，我去看他，他送给我一幅扇面写意《行遍江南图》，还有他的一本厚厚的纪念图册，里面记录了他从事写作、绘画和摄影三十年的经历。让我感慨的是他给图册起的书名——《亲爱的日子》，简单、直接、平易、可近，毫无时下书名的玄虚和尖酸。他在序言中说："我喜欢一切纸上的东西，不论是文字书写，还是水墨的游龙戏凤或图像的黑白显影，几多亲切。"只有对生活饱含热情的人才会如此回顾自己、鼓励自己。此时，我想起他的一幅画：一个老者盘腿打坐，一颗红日高悬树上。画的题字是："太阳晒着我的背暖暖的又痒痒的几多舒服呀。"这便是立伟自身的写照，乐观而率性，真实而又可爱。他的画也一样。

冯秋子的画

在我看来，冯秋子可能是作家圈里最有探索精神，也最具专业素质的艺术家了。她写作，散文早已自成一家；她跳舞，跳出了国界，舞出了精彩；她画画，博采众家，却又另辟蹊径，让我等很难用我们惯常的理论和标准框定。

今年春天，在北京地坛"见画睹字：五人联展"上，展出了徐小斌、冯秋子、林那北、李舫、崔曼莉五位女作家的绘画和书法作品。我作为展览的主持人，现场有个提问环节，我问她："你写过一篇散文《我跳舞，因为我悲伤》，那么，你画画又是为什么呢？"她的回答简单得有些意外："某一天中午，我写东西，写得手松动了，就突然想画画了。"后来，我读到了她的一篇文章《想画在灵魂里窜动的东西》:"我想画心里萌发的东西,想画感觉到的东西,想画在灵魂里窜动的东西,想画我发现的东西、思想的东西,想画能够带给我鼓励的东西,想画能够进到人心里的东西。"这应该是她开始画画的真实缘由。她将女作家的敏感和细腻引入绘画练习和创作中,将抽象化的文字转换为可视性的图像,由此获得一种写作和舞蹈之外的另一种审美体验。在那篇文章里,她写到了电线杆——那一根根矗立在草原上的"孤傲而执着"的普通木头杆子:"电线杆子是神秘的、重要的,它甚至就是我们和外面世界连着的一根可以展望的路线。"在空旷的草原上,她常常用一块小石头敲打电线杆,倾听那根木头杆子里面神秘的电流回声,感受着童年的寂寞、恐惧、欢乐,还有惊喜。这种细微而富有联想的感悟恰恰是作家绘画的独到之处,她以文学的视角和想象,让某种事物突然间有了生命感和延伸感,也有了叙事性和内涵。

冯秋子的画多以风景和静物为对象。但是她画的风景又与西洋绘画中的风景画不同,它们更能体现中国山水画中山川景致与艺术家情感的呼应与结合,或者说山石林泉是艺术家内心世界的外化和比拟。比如水粉画《冬天的察哈尔》,她以粗粝的笔触捕捉到了北方草原的严酷和诗意。白雪覆盖下的草原大地,寒冷而坚硬,但那些泛着绿色的树枝却又包含着艺术家对故土的希望与坚定。同样是水粉画,《母亲的花草》系列则笔触细腻,这些取自故乡原野的无名的鲜花,由母亲的手插入花瓶之中,便显出了不同的意义,它不光是故土的缩影和熟悉的气息,更是对亲人思念的一种寄托。在相对写实或者带有表现主义风格的基础上,冯秋子还尝试了抽象水墨的创作。《白音布朗山的传说》系列是我在"见画睹字:五人联展"上第一次看到的,当时就让我非常震惊,恍惚间我感觉是在面对一组大师的作品。她对水墨与色彩的大胆融汇,既抽象又有具象元素的变幻,让我不得不停下脚步,从她的笔法和墨染中探寻她艺术表达的神奇和内在的力量。我们知道,现代水墨在某些专业艺术家们的笔下,已经被玩弄得面目全非,前途未卜。而我在冯秋子的水墨实验中却依稀看到了某种光亮或未来。

冯秋子敢于尝试各种材料,油彩、水墨、水彩、水粉、铅笔、油画棒、彩色钢笔等,这些材料和颜料到了她的手中,就变得游刃有余,显现了奇妙的效果。她的包里永远揣着一个厚厚的速写本,使她随时随地可以拿起画笔。有时候,她会被路边的一棵树深深地吸引;有时候,她又会被一条无名的小河感动得流下泪水。这些在我们身边,被忽略以至于被遗弃的事物,却在她的画笔下获得了另一种存在和新意。

冯秋子对绘画的认真和执着让我敬佩。记得有一次在我们共同的好友、诗人艺术家蔡劲松的画室雅集。我与蔡劲松、马良书、崔曼莉、彭明榜等文友写字画画，我的写意马常常是一挥而就，而她却伏在里屋的书案上静静地画，丝毫不被我们这边的喧嚣打扰。当我们各自将自己的"大作"挂在墙上互相品评的时候，她依然不为所动，反而让我等感到愧疚。直到雅集结束，我们准备去吃饭，她的画还没有画完。她合上本子，与我们一起走出画室，谁也不知道她画了什么。但是我知道，在那一天，我们，至少是我，更像是进行了一场水墨表演，而她却是在用心画画，心无旁骛。

自得其乐，舍我其谁
——谈荆歌的书与画

荆歌的书法在国内文学圈有一号。他的章草小字，秀外慧中，步步为营，既有禅意，又富才情，让你不得不喜欢。看他现场写字，也是一种享受。有人写字过于扭捏，有人落笔透出畏缩，还有的人握笔如挥锄，一通乱刨，只落得满纸疮痍。荆歌写字，腰杆挺得笔直，高高站立，手臂长长地伸出，手指握笔，笔杆垂直，长发垂肩，眼神淡然，颇有大师范儿。

不知他抄写过多少次《心经》，而我尤喜欢他在"壬辰年暮春"的那一幅。我将这幅字与晋代书法家索靖的《月仪帖》做过对照，感觉二人的笔法有神似之处，比如笔墨的粗细、浓枯变化，字势的倾斜等。相比荆歌的字似更随性，有整体的韵味，字距行间，虽疏密但有致,虽参差却有序,而他的起笔往往锋从势出,落笔又常常提笔露芒,给人以银钩虿尾之趣,让人回味。

我近期研习汉简,初涉章草,感觉章草之于隶书和楷书非常不易掌控。它有严格的规范、程式和固定的笔画,却不乏个人发挥和变化空间,所谓"沉着痛快"(见刘熙载《艺概》),有理有趣,有法亦有味。

荆歌当然经过了相当时间的训练,更重要的是他对笔墨和书写空间的认识和把握,并将之与个人的性情和雅趣相结合。这种书写状态,评论家张瑞田称之为"东方式的闲情"(见《荆歌·写字》序言),作家叶兆言誉之为"儒雅"。荆歌在自己的书法作品集《荆歌·写字》中则将这一状态表述得淋漓尽致。他说:"任何形式的书写,可以被称之为书法者,都当以洋溢个性化的趣味为上。这也是书法在毛笔被其他书写工具彻底取代的时代尚能顽强存在的唯一理由……就我个人而言,写毛笔字就是一种审美活动,一种情绪的表达与释放,一种沉静,一种梳理,一种休闲娱乐。当然,也会是逃避和自我放逐。"

所以,看他的字,几乎是不受任何字体的约束与规范,所谓"师心自用",恰如郑板桥,"一字一笔,兼众妙之长",整体看又"如乱玉铺阶"。我的感觉,荆歌的字近行楷,又有汉隶的底子,而笔势又是章草的味道。他尤其重视整体的审美效果，字与字之间"笔画照应，顾盼生情""各尽其妙"（见陈滞冬的《石壶论画语要》），由此形成了荆歌书法的独特腔调与气象。

荆歌这几年开始画画，且出手不俗，书与画相映成趣，真是和了张彦远的"书画同体"的说法。昔有徐渭"以草书入画"，被赞"书中有画，画中有书"（张岱语），而今荆歌以书法之雅、之拙、之趣、之妙，去追寻古人"写画"的状态，获得了书法抽象之外，更自由、更自我的笔墨意境。

湖石、茶壶、杯碗、桌椅、花木等，这些在西洋画里被视为静物的东西，在中国文人水墨画里却寄托了创作者的个人化的情感和感悟。比如荆歌的《家花》，构图简单，一张老式的椅子，一枝叫不出名字的花。玫瑰？月季？或是牡丹？据说八大山人爱画鱼，别人问他什么鱼，他的回答是："我也不知道，只觉得这么画美，就行了。"这便是中国写意绘画的独特之处，也是与西洋静物画的区别所在，李苦禅称其为"综合造型"，用齐白石的话说，则是"在似与不似之间，太似为媚俗，不似为欺世"。题字是这幅画的重要组成部分，有画龙点睛之妙。"绿窗闲，人梦觉，鸟声幽"这是元人薛昂夫散曲的句子，"绿窗""人""鸟"与"闲""梦觉""声幽"，点出了画外的空间和意境，使画与书、物象与抽象彼此呼应，境界全出。这不就是中国文人所追求的主观世界吗?

《只是吃茶》也有意思,两只茶器,一为盏,一为碗,且一高一矮,偏于画面的左下角,上方则是明人钱椿年《茶谱》中的文字:"茶之产于天下多矣……"占据了画面三分之一的空间,字的秀与画的拙形成对比,书法的空间感与水墨的空间感达成天然的平衡。这幅画让我想起"吃茶去"的公案,而《只是吃茶》是荆歌对这一公案的另一种解读或解构。

自画像在中国古代的画家中不常见,但这并不是说中国的文人不够自恋,他们会借助山水、花鸟,比如将"梅兰竹菊"自喻君子,放大自己的孤傲和高洁。荆歌的自画像却一反传统,摒弃修辞,展露率真的自我。

《戴面具的自画像》就是一幅非常"当代"的作品,中式的服装,扭曲飘飞的夏加尔范儿的身形,背景是凡·高式的,色彩鲜活,富于激情的旋转和跃动的笔触,尤其那枝在画中多次出现的无名花,给人一种自得其乐、舍我其谁的欢喜,一种连面具也无法掩饰的自信和童心。这当然是荆歌自身生活状态的写照,也是我认为的,一种玩味传统、游戏当下的中国文人的少数样本。

我欣赏荆歌现在的生活状态,写字、画画,还有收藏,这三项几乎满足了"玩物丧志"的条件和标准。

尻轮神马　纸本设色

天性如此

何为"志"?年轻的时候,我们被这个"志"诱惑和裹挟疲于奔命,负重累累,不惜以生死相许,但天命之后,人是否该给自己一个活法?自己面对自己,率性、顺天、回归初心,借用朱新建同志的话就是——"决定快活"。

我也是这么想的。

得意而忘乎形
——说说葛水平的水墨画

不知道葛水平早年学过画没有,只知道她学过戏曲,好像也有过舞台表演的经验。现在主要写小说,成绩斐然,创作之余画水墨。贾平凹看了她的画后说:"每个人都有绘画潜质,只是大与小和开发与不开发的区别。"这话有理。儿时的涂鸦肯定早于识字与写字的启蒙,而且往往出于本能和自觉。

绘画当然与技术相关,但是作品的好坏却更多缘自心性。

中国自古分画为神、妙、能三品。陈子庄先生解释其为:"变化多端,高度概括,极似物象,不拘外形。"再看美术史,国画的写意与西方的现代主义艺术莫不如此。我不好说葛水平的画已经达到了这种境界,从专业的立场看或许还有相当的差距。但是,我从她的作品中隐约看到了某种迹象和趣味。她的画主要以戏曲人物和驴为对象。戏曲人物应该来自她对戏曲的情有独钟和舞台经历的怀念，而驴，我以为更多的是她性情的某种释放和坚守。以戏曲人物为写意创作的画家不少，关良、叶浅予、高马得等都是大家，对后来者的影响很大。最近，我还认识了两位专门画戏曲人物的艺术家，一个是南京的高多，另一个是呼和浩特的雅馨。一南一北，一男一女，都得了些前辈的精髓，又各有自己的特点。葛水平当然不好与这些专业画家相比，但是或许正是这种"不专业"，让她的画透着一种"生化"和"野"趣。所谓生化，我以为就是要与我们惯常所认知的真实拉开距离，或者说与我们所熟悉的表达和意象划清界限，西方文艺理论把这个叫"陌生化"。陈子庄先生说过："不生化则无趣，生化才能超乎形象之外。"而野，就是超越或跳出前人的成规和积弊。这两点我以为对艺术创作来说是非常难得的，而作为一个业余画家，葛水平却轻易地找到了这种意趣，非常有意思。驴是中国古代文人画中常出现的形象，表现文人雅士的高洁和风骨。而葛水平则强调了驴的犟性。正如她的那幅"活的自然，犟的自在"，从中可以领略到作者的处世风格和人生态度。我尤其喜欢她的"驴是兄弟"和"相伴友情浓"这两幅小品。两个男人沧桑扭曲变形的脸与驴的丰富表情，并排或交错，一头驴狡黠地微笑，另一头驴与主人惺惺相惜。这两幅作品，无论构图还是笔法,都与中国传统的水墨有明显的区别,人物更有西画速写的简练与毕加索、培根的变形的特征。但是,它又是笔墨化的,浓淡、枯湿、线面,还有空白;既有写意的渲染,又有书法的锋变,所谓醉抹醒涂,信手扫来,天然成趣,令人称道。很多专业画画者过多拘泥于形象的束缚,缺乏想象力和意趣,虽然很努力,但终归陷入匠气、行画的俗套。想象力是天生的,意趣却是人的修养和精神境界的体现,这一点也是识别中国传统文人画的重要标志,正如陈师曾先生所说,文人画"首重精神,不贵形式"。看葛水平的画,我的第一感受就是,随心所欲,得意忘形。古人讲,画画要笔到意到,而葛水平的有些笔触,甚至可以形容为"笔不到而意已到"的状态。或许她的技术还没有达到非常的火候,但是她的意似乎已经抢先一步,产生了非常神奇的效果。这种妙处,需要画家与欣赏者心有灵犀的默契,才能真正体会,而有的时候,笔墨的妙处连作为主体的画家都可能意想不到。这就是中国水墨艺术的神秘之处。

  写到这里,想起清代书法家傅山的一句话,书法"宁拙毋巧,宁丑毋媚,宁支离毋轻滑,宁直率毋安排"。我想对画也是一样。这句话原本是我画水墨以来追崇的一个目标,没想到葛水平已经先我达到了。

林那北与漆画的奇缘

　　写林那北的文章有两个难点：一是我真的不是特别熟识她，甚至我们都没有一起吃过饭、面对面地聊过天，她的作品我也只读过一本散文集《屋角的农事》，作为一个文学评论者和编辑，这个难点或许不可原谅；第二个难点是我几乎不懂漆画——不懂又不可装懂，只好现学现卖。但是我们也有个共同点，就是我们在从事的文学工作之余，对艺术对绘画有着相似的经历和几十年没有磨灭的初心。

　　这几年作家玩书画的越来越多，这不奇怪，自古文人就是以毛笔为工具，撰文赋诗，而文章诗词好的文人，几乎没有不是好的书法家的，当然"书法家"这个行业当时并不存在，是现代人追加命名的。所以作家写写毛笔字玩玩水墨画，没什么见不得人的，也不是赶时髦，恰是人间正道，是对中华传统书写形式的一种回归和延续。前面说了，我与林那北在少年时代都有过美术基础训练，但是当我们不惑之后重拾画笔的时候，我选择了水墨，而她却选择了漆画这种难度很高、对我等来说几近冷门的艺术形式。我们知道，漆画最早属于工艺美术的范畴，更近实用美术，比如壁饰、屏风、壁画，还有漆器等都是它最初的存在形式。漆画的主要原料来自漆树，将树皮割开后，流出的白色黏性乳液，加工成各种色彩，做成涂料。除漆之外，漆画还可以金、银、铅、锡以及蛋壳、贝壳、石片、木片等为原料。漆画的最大优点是保存期长久，可以耐热耐潮以及某些化学物质的腐蚀，新石器时代的河姆渡遗址出土的朱漆碗，距今已经七千年，但上面的色泽依然可以清晰分辨。而我们常用的宣纸，它的寿命应该最多不过两千年，因为自唐代造宣纸以来，距今差不多也就一千五百年，而西洋的油画更晚，始于十五世纪，距今也不过八百年。所以，设想一下，当我们的书法水墨或者油画丙烯，在一千年以后开始面貌模糊无法保存的时候，林那北的漆画却依然如新，而且有机会流芳后世，这是多么让人艳羡的事情啊。当然，漆画并不是你想玩就可以玩的，它的另一个特点会让很多人望而却步，那就是它对人身体的致敏性。听林那北说，从事漆画职业的前提条件是抗过敏,不然你一触到大漆就会手臂起疹,脸部红肿,瘙痒入骨。林那北似乎天生是干漆画的料,大漆的过敏反应与她无关,她自嘲兼自得自己皮厚,百毒不侵。因此,除了写作,漆画制作应该是林那北最倾心也最满足的一份工作。正如她在《在漆香中慢慢安静》中写道:"我显然很快被这种奇特的液体迷住了,它可以那么柔软地流淌,又可以如此坚硬地凝固,对环境气温以及湿度不近人情地苛求,但只要你稍加用心,它往往又有超乎想象的完美呈现,剔透得宛若珠宝。"

在今年春天的北京地坛"见画睹字:五人联展"五位女作家的书画展上,我看了她的几幅作品,给我与众不同的感受。我知道一些中国的传统漆画,也在日本走马观花地看过他们的漆画屏风。漆画确实有水墨与油画无法比拟的魅力,首先是大漆的半透明性,这是漆画颜料与其他绘画颜料最大的差别,所以,一件好的漆画,它所呈现的柔和、神秘,甚至朦胧与迷幻的质感,确实让人着迷和惊叹。林那北的漆画大体分为两类,一类是相对写实的花鸟树木,房舍河流,比如《繁花》《奔放》;另一类是抽象的,线条粗犷落笔大胆,很有想象力。相较我更喜欢她的抽象作品,比如《人像系列》《早春系列》《欢藤》《夏事》以及抽象与具象结合的作品,如《河流》《四季》《花事》等。她的抽象画似乎在摆脱传统漆艺的装饰性,

/ 林那北与漆画的奇缘 /

也跳出了传统的意象模式与符号特征，显示出了当代性的空间感和对物象的剥离和解构。《人像系列》可能是她的最新作品，我只看到一幅，但是印象深刻。它显然受到西方抽象或立体主义艺术的影响，但是它又让人不能不想起中国民间的面具艺术。还有《早春系列》，它很像中国当代大写意泼墨，却又有西洋画的抽象与表现主义的因素。浏览她的各种风格的漆画作品，我能感受到她在自然状态下的创作冲动，以及在对"泼漆"手法的驾驭中那种期待、应变与忽然的惊喜。著名漆画艺术家乔十光先生描述漆画的创作过程时写道："借助自然的力量，表现人的巧思匠心，即人画一半，天画一半。"我想这或许正是漆画艺术饱含的精神实质，也恰是对林那北漆画创作的一种解读。

前不久，林那北出版了一本散文集《屋角的农事》，里面记述了她对种植生活的迷恋。她将她的漆画作为插画穿插在书中，使书中的文字与漆画彼此呼应，互为参照。林那北是一个热爱生活的人，具体说是热爱乡村生活的人，她在她的小院耕田种地，养花植木——这一点我们也有类同点，我在京郊也有个可以种植的乡村小院——使自己的生活节奏放缓下来，将自己的情思寄于泥土与自然的恩赐。从种子落地，到嫩芽破土，从枝叶繁茂，到花开花谢，她体验了种植劳动从无到有的全过程，她倾听植物生长的声音，她在与植物的交流中获得了某种默契和感悟。林那北的很多漆画，其中的很多灵感和意象就是来自小院，来自她的耐心劳作，一边种植，一边画画，一边写作，一边生活。她的先生南帆先生这样评价她："她把这个空间延伸到画板之上，与植物的秘密对话获得某种洞悟，她要把花草树木的语言翻译出来。画板是传达这种语言的好地方，林那北画的是漆画，大多是姿态各异的树木。大漆从树木的躯体之中流淌出来，通晓树木躯体内部的复杂纹理，凝固的画面上遒劲的枝杈如同一片有力的胳膊托住天空。一阵大风从窗户刮进来，仿佛听得到画板上这些枝杈发出了长长的呼啸。这时候她开始了另一种种植。"

这段文字，道出了林那北与漆画艺术的奇妙的关联与缘分，在此权且借用作我这篇文章的结尾吧。

"象征界"的奇观

有人说,"创新"是西洋画的基调,中国画的焦点是"承传"。就是说,西画必须花样翻新,挑战前人,甚至推倒重来,唯此才可能在艺术史上占有一席之地;中国画则强调以古人为师,重视师徒之间的陈陈相因。因此,临摹是中国画学习的一个重要阶段,以致很多大师级的画家都有临摹前人的画稿传世。

但是,"承传"并不是说没有创新和变化,比如自唐宋以来确立的工笔花鸟画传统,经过元明清三代的写意和大写意的变革,尤其是清代宫廷画师,借鉴了大量西方艺术的元素,使中国的花鸟画发生了前所未有的改变,尤其在笔墨和造型方面有了明显的突破和创新。因此,当代中国的花鸟画家们都背负着沉重的无法超越的传统负担,高山林立,俗套遍布,几乎到了无路可走的境地。从这个背景和角度来考察刘天怜的绘画,也许更有价值。

刘天怜的创作应该归属中国工笔花鸟画的传统,但是她又是中国传统花鸟画的异类。为什么这么说呢?因为她的作品的构图、色彩、意象、观念等都与中国传统的花鸟画大相径庭。刘天怜,1987年出生的年轻女画家,毕业于广州美术学院,她有扎实的造型训练和娴熟的笔墨功底,但她没有因袭和迷恋传统的路数,而是在遵循传统笔法的基础上,强调了作品的装饰性和构成意义。她试图将勾线、设色、构图,甚至意象等观念从自身的角色和功用中解脱出来,借助它们之间的关系,点和线、疏与密、静与动、黑与白、圆与三角、具象与抽象等,在传统与现代的交错点上,获得一种新的空间与时间的可能性。在她作品的几个最典型的布局中,水管与鱼,方块与鸟,格子与植物,还有那个神秘的盒子,这些带有点线方圆几何意义的构成以及互不搭界的意象组合,让我们产生一种陌生化的美感和惊异。那个连画家自己也无法解释的神秘盒子,在我看来更像是她画面空间之内的另一度空间。从这一点上来看,刘天怜的作品又具有某种超现实主义的预设。当很多年轻的工笔画家在不遗余力地追求超高清写真,试图最大限度地接近所描摹对象的肌理与质地的时候,刘天怜却悄悄地与他们拉开距离,在二维平面

/ "象征界"的奇观 /

中,利用浓重而又鲜明的色彩、装饰性的叠层平涂,以及几何化的抽象和拼贴,表现了花草、虫鱼、鸟兽在宇宙万物的存在中所处的神奇而又辩证的关联。借用齐泽克的概念,刘天怜的作品所关注的不是我们肉眼所能看到的庸俗化的"实在界",而是我们必须用想象与理性创造的"象征界"。它是画家童年愿望的延伸,也是画家对自然与社会秩序的一种概括和思考。视觉给了我们观看现实的本能,却常常遮蔽我们穿透事物表象的能力。西方哲学家利用"凝视"理论,将观看行为赋予了镜像式的互为主体或互为他者的转换,以便让我们更深刻地考察和解释我们所置身的复杂而多元的世界。回到刘天怜的作品,常常让我产生一种错觉,就如同儿时看到的多维迷宫图案,那种精密、繁复的结构,重叠的色彩和交错的映像,要求体验者必须紧紧盯住画面,直到你视觉的焦点慢慢分散、迷蒙,随后突然间转化成一个奇异的多维化的幻境,它让我们震惊的同时,也发现了观看世界的另一种角度和通道。这大概就是我们从童年开始便试图寻找的所谓"奇观",也是刘天怜作品给我的最直接的感受。

从西方艺术史的角度来反观刘天怜的作品,我不时会发现亨利·卢梭式的稚拙而神秘的空间感。比如她的最新作品《勿听,勿看,勿说》,画面整体由叶子与花朵交织缠绕,人物姿态稚气天真,多种色调的蓝色和绿色营造出一种纵深感，富于节奏韵律的图案和鲜明的色彩，强化了作品中梦一般的童话景观。而古斯塔夫·克里姆特的绚丽而又奢华的装饰性，在她的绘画语言中也能找到某些根据。这或许与我过于偏爱两位西方大师的作品有关，我无法断定两者对刘天怜创作的实际影响，但是我隐约感到他们的艺术之光无形地投射在她的作品之上。

鱼、鸟、鹿、狗、马，无疑是刘天怜作品的重要符号。这些符号在中国传统文化中具有特殊的寓意，吉祥、富足、爱情、忠诚等。但是刘天怜巧妙地将之转换成了非传统符号，比如金龙鱼、斑点狗、大嘴鸟，还有非洲的斑马，等等，使那些在中国传统花鸟画中早已变得陈词滥调的形态获得了崭新的意象和陌生化的效果。

记得在"奇幻世界：刘天怜花鸟作品展"时，有人谈到了花鸟画家如何介入当代社会的问题。她的最新作品《勿听，勿看，勿说》或许就是对这一问题的最好解答。总结刘天怜这几年的创作，我以为，她的画是转入内心的创作。喧嚣的外部现实越来越变得失去了美感，数字化让我们陷入比本雅明所描述的机械复制时代更廉价的现实，所以我们必须找寻或者建立一种新的现实来与之对立，这个现实其实就是我们的内心，一个依托想象的空间，这个空间比任何现实更为广阔深远，也更强大，因为它就是雨果所说的心灵的宇宙。

身体对腐朽灵魂的一次震撼
——向京的女性雕塑艺术

看过向京的两次展览。一次是在"个案：艺术批评中的艺术家"群展中，在一个小房间似的展厅里摆放了她的作品《你的身体》。一个女孩随意地仰躺在白色的床上，两腿叉开，双肢上扬，手里拿着一只没来得及关闭的手机，像是刚刚挂了一个电话，又似刚刚结束了一段艰苦持久的爱情。是经过繁复纠葛后的软弱无力？还是逃离一场苦痛后的如释重负？或者是一场莫名发泄前的短暂平静？向京的作品是绝对女性化的，或者说是排斥男性的。因为她作品中的场景和情境多数为私密的、特定的和封闭的，在她作品的空间里没有"他者"的位置，除非你是个偷窥者。

当天，一个男性观众俯身在这个作品前，如果不是管理人员的干预，他有可能会与女孩并排躺下，或者做出更放肆的举动。他站的位置，恰好是女孩目光的聚焦之点，女孩的目光是渴望，还是厌恶，在那个特定的情景下，很难分辨，正所谓仁者见仁，恶者见恶，淫者见淫。所以向京这样评价自己的作品："这是身体对于腐朽灵魂的一次震撼！"

向京的另一次展览是她个人的亚洲巡回展。展览的主题是"全裸"，意在不光是女人身体的曝光，更是女性内心的一种敞开。展览的宣传页有这样一句提示："友好提醒，女士请勿着裙装。"展室是封闭的，门用布帘遮蔽，走进里面却是另一番天地。地面用一块块镜子铺垫，一不小心就会将镜子踩裂，使人不得不小心翼翼，蹑手蹑脚，仿佛做贼一般，屏住气息，尽力架空自己的身体。看着人群的镜中倒影，我明白了"女士请勿着裙装"的提醒。或许满地的镜子也是展览的一部分，它不仅让来者放慢行走的脚步，也令观看者反观自身。

《一百个人演奏你？还是一个人？》是她最重要的作品之一。这个奇怪的命名取自奥地利诗人里尔克的一首诗《邻居》，原诗是这样的：

陌生的提琴，你在跟踪我？

身体对腐朽灵魂的一次震撼

在多少个遥远城市里你寂寞的夜可曾同我的夜谈过心？
一百个人演奏你？还是一个人？
所有大城市里可有这样的人，
他们没有你就会迷失在河流？
怎么我总听见你？
……

有人说，里尔克用这首诗隐喻着外在世界对人寂静心灵的纷扰。而向京的作品是一群女人围坐在一个很大的脚盆边洗脚，她们面对的是同一个世界，却隔离在各自的不同的世界里，哪怕是其中一个娇小的女孩。向京自己解释说：她想借此探讨人与人之间孤独而暧昧的关系。

在向京作品的女性人体中，很难看到我们所期许的美感。姿态、表情、形体都是她们最不希望外人（尤其是男人）看到的一面。这或许是她对男性观看女人动机与方式的一种漠视。她们脱去了象征身份与地位的衣服，去掉了女人特有的长发，没有人为的妆饰，物我两忘，目中无人如尼姑般的神情和姿态，甚至连让男人引发欲望的机会都不给，这就是向京的女性人体作品。

向京的另一件著名的作品是《砰》，前年在纽约第一届亚洲艺术博览会上受到瞩目,作品就立在展厅入口最醒目的位置上。《纽约时报》专门为此做了报道,认为它"表现了青春的创伤"。我以为,它的意义远不止这些。记得差不多二十年前,在女作家陈染的家里,我看到一张主人用玩具手枪对准自己太阳穴的黑白自拍照片,让我很是感慨,它可能真实地表达了作家在那个年代的内心状态。后来见到用手枪指自己脑袋的照片太多了,感觉很矫情,很做作,开始让我厌烦。但是《砰》却让我想起了往事,也对陈染的照片和那个时期作家和艺术家的处境和心态有了更深刻的体会。

凝视与眩晕

——看张妮的"纯情"和"丝生活"系列油画

在张妮的作品中,我喜欢"纯情"和"丝生活"两个系列。如果再让我择其一,我则更偏爱"纯情"。

当代女性艺术近年的发展让人嫉妒,新人辈出,锐不可当,直逼以男性为中心的现代艺术领地。我最近考察了几位年轻女性艺术家的创作,其中赵际华和乙妍让我印象尤为深刻。这两位"70后"画家都不约而同地受到"卡通"的影响,前者色彩单一,平铺直叙,且富有装饰风格,表达了现代都市职业女性的独立与孤绝。在她的世界里男性是被排斥的,至少是缺席的。乙妍的画则色彩艳丽,以浓重的玫瑰色与鲜蓝色吸引人们的目光。那娇小成熟的身体,开放无辜的目光,适时地满足了男性的视觉享受。我把她的作品称作"洛丽塔"的精灵,它以顽皮稚嫩的情色玩味着中年男人的凝视和好奇。

相比之下,张妮的作品更理性和辩证。她多关注女人与衣饰的关系。在她最早的"飘系列"中,画面只是一件悬挂或者漂浮的裙子,而这些衣饰的主体——女人却置身画面之外,成为男性的无法言传的想象。到了"纯情系列",张妮终于将女人拉回到画面之内,但却只截取女性身体最关键、最敏感的部位,白色的平角短裤成为隔离身体与观众的遮蔽物。女性身体与其遮蔽物的关系是一个有意味的文化现象。女性身体本来是美的,而遮蔽只是一种不得已的附加行为,但正是有了这种遮蔽使身体产生了另外一种美,一种真实与幻想融为一体的美。现代社会是一个主张暴露的时代,也是缺乏羞耻心的时代,而张妮的遮蔽恰恰是这个时代风尚的反动,这便产生了一种审美的张力。张妮曾说:"衣服是很特殊的物,它本身不具备意义,只有跟人发生了关系才有了意义。其实真相就在背后。"所以在张妮的作品中,衣饰既是遮蔽物,也是引导观察真实的视觉点。它既拒绝凝视,也启发和诱惑凝视。

"纯情系列"的色彩是淡雅的也是写实的,就如同日常生活的镜像本身。它像是情窦初开的女子,在日益没有秘密的世界保持一点点的神秘,在无处可藏的窥视中开辟出一个小小的个性空间。

"丝生活系列"是张妮最新的作品。如果与"纯情系列"相比较，我以为它是画家对以往作品的释放甚至颠覆。不久前，我看过李青的一个展览"重影"，他将一幅作品通过后期的叠印产生双联作的效果，并彼此相互指涉，获得一种对照回环的意境。"重影"的意义不在于绘画本身，而在于叠印的行为，以及由此产生的新的艺术可能。而张妮的"丝生活系列"是将已经完成的画作进行有规律的刮抹，使原作模糊的同时，产生一种旋转的运动感。我们知道现代主义的核心就是艺术形象所蕴含的辩证的运动性，那种传统的静态的表现手段已经无法表达现代人的生存状态。张妮似乎就是通过这种后期的行为，使她的作品产生一种处于运动状态的焦躁感和不稳定感。正如德国当代艺术家里希特的绘画，数码不是让世界越来越真实清晰吗？那我就偏要将其虚化弱化。他用模糊来拒绝风格，拒绝凝视的焦点，以此让人的感觉直达事物本体。或许这也是张妮"丝生活系列"的意义所在，她关心的不是事物的具象，而是它在运动中发生的变异。如果重新与"纯情系列"做一个对照，我们就会理解张妮艺术观念发展的脉络，由静美至动感，由语言到行为。换一句话说，"丝生活系列"不光是以往对男性凝视的拒绝，而是试图让我们的目光和内心眩晕。

原始马的诞生 布面丙烯

黑白梦与精神逃离

杨羽的城市是虚拟的,所以看她的"城迷"系列,你不必感到意外或者试图通过她的图片去对应现实中的城市。因为它是不存在的,或者说,它只是存在于杨羽内心的一个幻象。

用摄影记录一个城市的大师很多,他们通过游走或者驻足,忠实地用镜头再现身边的街道、房屋、橱窗、广告以及其间流动的人群,他们还利用夜晚与白天的光影变化发现和捕捉城市转瞬即逝的诗意和美感。而杨羽不同,在她看来,按动快门只是她艺术创作前期的一个准备,或者说是触发灵感和收集素材的过程之一。真正的作品是在电脑技术加工和处理之后,在她孤寂而又充满想象的内心之中。这使我想起哈里·卡拉汉,他的照片大多是在暗房中组接拼贴后完成的，在这一点上两者有可比之处，只不过杨羽的实验走得更远，她甚至可以从经典的恐怖电影里截取素材。所以，如果说城市是一个整体，那么，她的拍摄过程恰似对这个城市的肢解和解构，也许城市在她眼里如同以往的城市影像历史一样，已经形成了一个不可逾越的巨大传统，她需要将其打碎，然后将这些碎片重新组合、拼贴甚至复制，从而产生后现代意义的创新，这就如同文学和现代绘画艺术几十年来所做的一样。与文学和绘画相比，摄影（照相）可能是最容易、最简便的行当，尤其在高科技的数码时代，人人都会按下快门，摄取自己需要的图片，但是正是这种容易和简便，反而拉高了摄影创作的艺术难度。当三岁小孩都可以拍照片的时候，艺术的神圣感消失了；当我们每个人都可以模仿和复制摄影大师的图片以致弄假成真的时候，艺术的边界模糊了。而这个时候，艺术家主体的介入以及摄影行为之外的技术与加工或许就尤为重要了，它可以让我们习以为常、司空见惯、熟视无睹的事物骤然陌生化，并且焕发出新的形式和意义。我想这可能是杨羽的"城迷"给我们的启发和范例。

一般来说当代城市的景观更适合用彩色来表达，比如美国摄影师斯蒂芬·肖尔的"新彩色摄影"，他抓住了都市最富特征的表象，并通过表象揭示城市日常生活的真相。而杨羽则坚持以黑白的视角来观察和理解城市，拭去城市斑斓绚丽的表面，仿佛用一个灰度的镜片遮住镜头，疏离自己与城市之间的距离，从而建立一个幽远的、非经验的虚拟空间。只要我们仔细观察，就会发现这种黑白的单色调也许恰恰是梦的特征。那昏暗街道中梦游似的人影，那水中倒影里的汽车，虚幻、恍惚、封闭、迷离，甚至还有一点点恐怖，那种孤寂无助的感受和场景正是人类都市梦魇的真实体现。我最欣赏"城迷"中的第5号作品，一个心事重重的男人坐在一片楼中的空地上，身后的楼体是其中一层的复制和叠加，照片中光的分布非常诡异，明与暗突兀地将画面分割，这种戏剧性的反差强化了图片景深的同时，也增加了空间与时间的不确定性。而几缕聚光投射在男人的周围，像一个光的樊笼，更反衬了人物的渺小、孤冷和压抑。

人在杨羽的城市中其实算不上一个主要角色，却是一个重要元素，尤其是女性。她们被定格在城市的边缘和角落，没有身份，面目模糊，甚至有的没有完整的身形。美国摄影师李·弗里德兰德曾将自己作为照片中的主人公，为的是表达他在城市生活中丧失自我的恐惧。而在杨羽的影像里，那些隐约的残缺的女人或许不是她自己，但却是她的映照，她的扮演者。如果说图片是她观察和建造自己梦幻之城的窗口，那么人便是她自身的"镜像"，是她想象或者塑造的另一个或许是更真实的本我。

车是她表现城市的特殊符号。这个本是载人的交通工具，在她的城市中却变成了逃离后的废弃物。敞开双门的轿车、丢弃在路边的自行车，以及似乎是被燃烧后的军用卡车，都给人一种险象环生和人去车空后的逃离景象。逃离在哲学上是自我拯救，在杨羽的城市里却是她对人类精神和未来世界荒凉与绝望的整体设定。

一个多世纪以前，法国诗人波德莱尔用自我流放的方式，以异化的眼光打量自己生活的城市巴黎，一个多世纪之后，中国的杨羽则用自我逃离的方式，以梦魇，甚至是超现实的影像，为我们建造了一座内心之城、虚拟之城。杨羽是八十年代生人，我曾将"80后"的作家们称为"外星人"，无所不能，无所不做，而且他们的最终目标就是"毁掉"我们的地球。对于杨羽，我也有同样的预感。在世界已经完全影像化、虚拟化的今天，她的出现不光对摄影本身，甚至对我们当下生活的普遍经验都是一次挑战，而且她的能量才刚刚开始点燃，并且还在不断地凝聚耗散，因为她也不过是他们的一个代表。

泪冷霜胡笛

風吹柳花滿店
香吳姬壓酒喚客
嘗金陵子弟来相
送欲行不行各盡
觴
丙申冬月鄧敏

一本杂志，三位先生

2010年，《北京文学》六十周年的时候，我曾在《文艺报》写过一篇文章《〈北京文学〉：六十年的历史，十五年的记忆》。所谓十五年的记忆，就是我曾经在《北京文学》工作了十五年，从大学毕业，二十三岁，一直到2000年，三十八岁。整整十五年。

离开《北京文学》的二十年里，我几乎没参加过《北京文学》的活动，但它像个影子一样，时常伴随着我，挥之不去。至今，经常有人介绍我的时候还会说，曾任《北京文学》副主编，还有人甚至误以为我还在那儿任职，向我投寄稿件。有一年，我参加台湾作家张大春的长篇小说《城邦暴力团》的读者见面会，我和敬泽、止庵等做嘉宾，敬泽那时是《人民文学》主编，会后某大报在发表综述的时候竟然给我安的头衔是《北京文学》主编，让我好生不自在。

说句真心话，我非常感激《北京文学》，它让我在大学刚一毕业，就能迅速地与文学靠得那么近，接触到了那么多我心仪的大家，同时也让我见证和参与了二十世纪八十年代的文学变革和九十年代的辉煌。我能变成今天的我，《北京文学》是我最初也是最重要的阶梯。

除了撰写上面的文章之外，我还写过一篇调查报告《1990年代前后〈北京文学〉的几点考察》。之后再也没有写什么，但我的很多文章都会不自觉地涉及那个时期的经历或背景。

说起《北京文学》，真的有说不完的故事，很多人物如昨日般历历在目。还是先说说主编林斤澜先生吧。多年前，我写过一篇纪念他的文章，我说："林斤澜先生是那种即使不在了也不让人相信他真的离去的人，他的笑声是独一无二的，满含着达观、幽默、健康、机智、深邃和神秘。而且他的笑似乎是带着永久回响的，它保留在喜爱他的人的耳膜里，刻在人的记忆中。"如今，林老已经离开我们十一年了。

1985年7月我大学毕业分配到《北京文学》杂志社，四个月后，林老和李陀先生便开始主掌《北京文学》。编辑部从上到下几乎所有的人都跃跃欲试、热情澎湃,准备迎接新的变化。那个时候的《北京文学》阵容强大,搭配合理:作家林斤澜先生任主编,评论家李陀先生任副主编,陈世崇先生做执行副主编兼编辑部主任,傅用霖先生任副主任兼小说组长,编辑有作家刘恒、陈红军、章德宁、傅峰、赵李红、刘英霞,还有我和吕晴(作曲家吕远的儿子)。林老的周围团结了一批老作家,有汪曾祺、王蒙、张洁、高晓声、陆文夫、李国文、黄裳、章品镇、林希等。李陀先生则更多地集结了中青年作家,有张承志、陈建功、郑万隆、韩少华、张欣辛、刘索拉、刘庆邦、莫言、余华、苏童、格非、马原、孙甘露、北村等。有这些老中青国内一线作家的鼎力支持,《北京文学》办得有声有色,虽然只有不到五年的时间,但是赢得了至今被文坛津津乐道的声誉和影响。

我作为林老的手下有幸多次聆听他的教诲。那个我经常引用的高尔基与列夫·托尔斯泰讨论和比试噩梦的轶事就是他亲口讲给我听的,后来我找来原出处的那本书《文学写照》,发现高尔基的记述并没有林老讲得精彩,我才知道,一个作家对另一个作家的解读其实是一次新的文本阐释,也可能是一种超越。记得有一回,我去当时他在西便门的家里聊天,他非常高兴,拿出一瓶马爹利酒,给我足足倒了一杯,自己也倒了半杯。我们畅谈文学、人生,还有那些难得的文坛趣事，喝得非常尽兴。我喜欢听林老讲话，林老也喜欢我这个倾听者。林老的夫人谷叶是钢琴家，所以，我们的聊天通常是在隔壁琴房缓缓的钢琴伴奏中展开。我的意念有时会被琴声吸引过去，落下了林老的某句话，林老发现后只是呵呵一笑，自己举起酒杯抿一口，然后重复一遍刚才的话，我们继续交谈。

有一次，我带着作家余华去看林老，恰巧林老临时有事出去了。我和余华坐在楼下的马路牙子上等他回来。那时余华刚刚有些小名气，长相清秀，不大爱说话。我一边抽烟，一边和他聊着闲天，一直等到天色暗下来，林老终于回来了。林老在楼门口看见了我们，连说对不起，然后一定要留我们在家里吃饭。林老是美食家，也好喝酒，席间不断地给我们夹菜。他夸赞了余华的突变，写出了《十八岁出门远行》《西北风呼啸的中午》这两篇让文坛陌生的短篇作品。林老作为短篇小说大家，在写作理念上一定与余华有不小的差异，但这丝毫不会影响他对晚辈的呵护和鼓励，他支持编辑部重点推出这两篇作品。小说发表后，读者叫好，评论界却一片沉默。但是在林老和李陀先生的支持下，《北京文学》又推出了他的中篇小说《现实一种》，差不多同时，《收获》也发表了他的《一九八六年》。直到李陀先生在《文艺报》撰写了一篇重要评论《阅读的颠覆：论余华的小说创作》之后，似乎才一下子唤醒了评论界。余华终于被文坛认可,且一路红火起来。

二十世纪九十年代初,《北京文学》已经不好发表余华的作品了,1992年《收获》杂志刊发了余华的七万多字的中篇小说《活着》(长篇《活着》的前身),已经卸任主编两年的林老专门打来电话,兴奋地说,他最近读了余华的新作《活着》,是一篇杰作,劝我一定读读。那时候我们谁也想不到,包括林老,这本书在二十多年后会发行到一千万册。

1999年底我离开《北京文学》,之后与他逐渐联络少了,但在一些文学的聚会上还能经常听到他那独一无二的笑声,他对我的关注和关怀依然让我感动。2008年,我主持编辑出版了他的自选集,厚重的一大本。这是他一生中出版的最后一本书,也可能是他最漂亮的一本书。老人家非常高兴,可惜那天因为我临时出差没能亲自把书送到老人手里,后来也没有时间去看望他一次,这成了我终生的一个遗憾。

在林老的告别会上,播放的是一首甲壳虫乐队的《黄色潜水艇》,节奏活泼而欢快,这使我想起当年汪曾祺先生的告别会,播放的是圣桑的大提琴曲《天鹅》,曲调优雅而温柔。我想这两首曲子应该都是两位老人生前最喜欢的音乐,两位老人以各自的乐观方式拒绝了哀乐,在音乐的选择上达成了默契,从而也让我们永远地记住了那一刻。

　　1989年8月，作家浩然接替了林老，担任《北京文学》主编。浩然先生与林老不同，他是农民出身的作家，对农民和农村作家有很深的感情。所以，他主掌《北京文学》时期，比较多地关注并集中推出了一系列农村题材的作品。作者多是基层的、远郊区的作家，他们非常熟悉当下的农村生活，但是在艺术和思想深度的把握上还是有不少欠缺。其中最引人注目的是在一期刊物中以头条的位置发表了北京平谷区农民作者陈绍谦的小小说25篇。在大家看来，这些作品按照《北京文学》的选稿要求，属于勉强达到发表水平，而浩然先生如此大张旗鼓地推出，确实让人意外，也自然引起文坛的非议。有一些作家甚至联合起来，拒绝为《北京文学》写稿。《北京文学》陷入前所未有的低潮。

　　现在回想起来，我感觉，浩然先生肯定是新中国成立之后一位重要的作家，但不一定是一个合适的办刊者。他那时居住在河北省三河县，主编着当地的一家文学杂志《苍生文学》，刊名是以他的一部长篇小说的名字命名。有人甚至说，他是以《苍生文学》的标准来办《北京文学》。这些往事我就不深入地谈论了。我只想说，浩然是一个好人。他一辈子保持了农民的本色，关心农民，并毫无保留地帮助农村的写作者。作家刘恒就曾这样评价浩然："我一直敬重他的人品。"也正是他的人品、他的善良和宽容，让他没有固执己见。

1993年，浩然先生感到了外界的抵触和压力，于是决定不再过问编辑部稿子的事情。于是也就有了年底的"新体验小说"这个曾引起国内文坛轰动的文学实践。这次活动将陈建功、郑万隆、刘恒、刘庆邦、刘震云、毕淑敏、李功达、徐小斌、邱华栋、徐坤、关仁山等这些有影响的中青年作家重新拉回到《北京文学》的周围。在1994年至1995年的一年时间里，《北京文学》连续发表了毕淑敏的《预约死亡》、刘庆邦的《家道》、刘恒的《九月感应》、徐小斌的《缅甸玉》、关仁山的《落魂天》等二十几篇引起文坛关注的作品。我的那篇《新体验小说：作家重新卷入当代历史的一种方式——纪念"新体验小说"倡导一周年》的文章，就是在这个时候发表在《北京文学》1995年第4期上。这篇文章对我后来从事文学批评起了关键性的作用。

更让我敬佩的是浩然先生，虽然不介入刊物的编稿工作，但是依然关注刊物的发展和建设。那个阶段《北京文学》正处于办刊经费不足，四处"化缘"以维持刊物正常运转的困难时期。我们的编辑经常会花相当大的精力去找企业拉广告、找赞助。而浩然作为《艳阳天》《金光大道》的作者，在大众中尤其是在郊区县的影响力还是蛮大的。有些乡镇企业就是看在浩然的面上，才愿意给我们赞助。有些重要场合，在需要他出场和站台的时候，他会毫不犹豫地给我们以支持。而对青年作家尤其是基层作者的培养和扶持，他也会义不容辞。

1996年我出任《北京文学》副主编之后，经常组织作家聚会，一次是1996年在北京顺义召开的北京新生代作家笔会，他特地从三河赶来参会。另一次是1998年在雁栖湖召开的北京郊区作家笔会，他恰好在平谷深入生活，听说我们在此开会，主动来看望大家。就是在这次会上，他送给我他刚刚出版的自选集，并给我题写了"作家靠作品活着"的赠言。

1999年底，浩然先生辞去了《北京文学》主编。2000年春节，我与作家陆涛专程到三河，给浩然先生拜年。他非常高兴，拉着我的手不放。那时候我也离开了《北京文学》。我们两个人从上下属关系变成了文学前辈与晚辈的关系，彼此显得更加轻松和自然。临走，他送我和陆涛一人一套他再版的长篇小说《艳阳天》。

2008年，浩然先生逝世，我没能参加他的告别仪式，但我写了一篇短文，发表在我的博客上。我写道："我有幸曾在他担任《北京文学》主编时和他共事过八年。我认为他不光是个中国农民文学的标志性作家，更是中国'革命现实主义和革命浪漫主义'文学的实践者和代表人物,同时他还是一个和蔼可亲的老人。确实,浩然先生的人品在北京文学界是有共识的。我非常怀念他。浩然先生的作品《艳阳天》《金光大道》《苍生》在今天也许读的人已经不多了,但是他小说中那些充满个性和时代特征的人物(萧长春、马立本、滚刀肉等)依然鲜活地留在我们的记忆里。他的短篇小说,比如《喜鹊登枝》在今天看来依然那么清新、干净,富有新时代的乡土气息,表达了刚刚翻身后的农民的喜悦和单纯。"这算是我与他的最后道别。

再说说李陀先生。他在林斤澜主编《北京文学》时期担任过副主编,同时他也是二十世纪八十年代后期对《北京文学》起着关键性作用的人物。他是生长在北京的达斡尔族人,我是少年时期来到北京的蒙古族人,两个人的老家都在呼伦贝尔,所以,我与他有一种天然的亲近感,而且我一直在内心中把他当作自己的老师,因为,在《北京文学》期间,他是对我影响最多的人。

李陀先生首先是个小说家,写过《愿你听到这首歌》《自由落体》等,前者获得了首届全国优秀短篇小说奖,后者是"文革"后最早带有实验性的短篇作品之一。后来他又涉足电影领域,然后专事文学批评。他是八十年代重要的文学批评家,很多当时的文学事件和作家成名都与他有直接的关联。比如关于"现代派"的讨论,关于"伪现代派"的论争,关于"寻根文学"的缘起等。他思维敏锐、敢于直言,不留情面。记得在一次文学讨论会上,一个很有名的评论家发言,他刚刚说了几句,就被李陀一句"你说得不对"给弄得下不来台。而对于他喜欢的作家,他则绝不吝惜赞美之词。比如余华、马原、格非、刘索拉等。

1987年以后,文坛突然涌现出了一批"新"作家,余华、苏童、叶兆言、李锐、刘恒、格非、孙甘露、北村等,他们崭新的面目、陌生的叙事形式,让评论界手足无措,尤其是曾经在1985年以后十分活跃的一批青年批评家处于无语状态。李陀先生敏锐地发现了这一点,撰写了《昔日顽童今何在》的文章,发出了"批评落后于创作"的质问,并希望这些曾经的"顽童"——青年批评家们坐下来,认真地读这些新人的作品。当然,他对这些"新"作家的创作也并非一味称颂,而是褒贬分明,且绝不隐瞒自己的观点和好恶,尤其是对两个风格相似的作家,评价竟然是天上地下。比如他喜欢刘索拉,不喜欢徐星,他喜欢马原,对洪峰却嗤之以鼻。他认为一个批评家必须有独立的批评精神,不应被金钱和人情左右。记得九十年代,他刚从美国回国,我们一起去参加了一个很有钱的女作家的作品研讨会,他刚刚入座,就有会议方给在座的评论家们分发红包,就是现在所说的专家费。当发到李陀时,他竟然将厚厚的信封甩到一边，起身离去。

1986年至1989年初，他经常叫我去他在东大桥的寓所，给我介绍认识从各地来访的年轻作家，格非、孙甘露，还有后来的沈宏非都是那个时候结识的。记得他家的客厅很小，书架、沙发、地上摞满了各种书籍。他讲话中会时不时抽出一本书推荐给我。

九十年代以后，李陀先生多数时间在美国生活，每年有一两个月的时间回国讲学或游历。他每次回国，我们差不多都会见上一面，虽然他出国后关注的重点不在当代文学上，而专心于中国当代思想和文化研究，但依然关心国内当下文学的动态与发展，多次让我推荐年轻作家的作品，发现好的作者依然会兴奋，并且极力推荐给周围的人。每次我们见面他都会询问我的近况，尤其对我近几年的水墨创作给予了非常大的鼓励。

2018年7月，我在中国现代文学馆举办"白马照夜明，青山无古今：兴安水墨艺术展"，他和夫人、哥伦比亚大学比较文化学者刘禾，还有艺术评论家鲍昆专程前来观展。他对我开始的水墨实践非常吃惊，给予了热情的赞誉，同时也从专业的角度给我提出了建议，他尤其对我写的旧体诗和题画诗给予了表扬。我知道，他对中国古典诗词有特殊的偏好，记得那会儿在《北京文学》的时候，他发言到关键的时候，经常会随口背出一句古诗词来，而且引用得恰到妙处，让在座的人很是惊讶。他们原以为一个热衷"现代派"的人，一定对传统或古典的东西或蔑视或无知。我清楚地记得他说过一句话："带球过人。"这是他借用足球比赛里的一句话，就是通过运球甚至假动作，出其不意地突破对方的防线。李陀先生就是这样，他常常会给人意外之举，在你还没回过神来，就已经被他甩在身后。

七十岁以后的李陀先生比起八十年代时性情舒缓了许多，笑容里也是有了谦和，但他批评家的独立的品格和对事物的敏感一点也没有减弱。有一年，他回国，我试图组织一次当年与李陀先生常在一起的作家老友聚会，却被他谢绝了。他告诉我，三十年没见了，每个人的思想、经历都发生了变化，尤其是思想，甚至包括立场都会产生分化和分歧，所以没有必要见面，有些人我也不想见，即使见了面，也不知道该说什么，况且我很忙，我不想把时间浪费在这些无用的事情上。我理解他的想法，便放弃了这种聚会。

如今他已经年过八十，比我父亲小一岁，应该是八十一岁的老人了，可是在我的意识里，他依然像是一个中年人，甚至是年轻人，思想活跃，精神矍铄。去年夏天，我问他什么时候回国，他说，他今年就不回了，想集中时间写东西，包括他的新长篇小说《无名指》。小说在《收获》发表后，引起了文坛的热议，他征求了一些好友的意见，需要做些修改。之后又是一年，今年疫情肆虐全世界，美国尤其严重。他在美国应该还好吧，我非常惦念他。

写这篇文章的初衷是纪念《北京文学》创刊七十周年，也是我离开《北京文学》编辑岗位二十年后，回顾我在《北京文学》的往事。二十世纪八九十年代，是中国当代文学的一个黄金时代，某种程度上，也是文学杂志的黄金年代。那个时期，很多国内重要的作家、评论家参与或者主导了文学杂志，给文学杂志和文学创作带来了空前的繁荣以及前所未有的面貌和变化。《北京文学》就是一个典型的例子。汪曾祺先生就参与过《北京文学》的编辑工作，同时他又是《北京文学》的作者，他的代表作品《大淖记事》《受戒》等都是发表在《北京文学》。而林斤澜、浩然、李陀，包括后来的刘恒等作家任职或者主编《北京文学》，由于他们各自不同的文学观念和性格，为《北京文学》的发展和变化产生了不同的影响。汪曾祺先生和刘恒，我曾分别在《我记忆中的汪老》和《说不尽的刘恒》中有过记述。而我选择林斤澜、浩然、李陀三位曾经在《北京文学》任过主编或副主编的国内著名作家作为我记述和回忆的对象，主要是记述这三位著名的作家。

树隐三骏　纸上水墨

是浪漫主义者,也是理想主义者
——纪念林斤澜先生百年诞辰

2019年,我参加林老逝世十周年的纪念会,一晃四年了,2023年,又到了他的百年诞辰。林老是我在《北京文学》工作时的主编,虽然只有短短的四年,但他对我的影响可能伴随一生。

1985年,我大学毕业后,到《北京文学》做编辑,半年后,他与李陀先生便执掌了《北京文学》。编辑部上上下下都非常兴奋,摩拳擦掌,准备迎接新的变化,因为两位都是大名鼎鼎的作家,是两棵可以仰仗的大树。那个时候的《北京文学》编辑阵容强大,思想活跃,而且年轻人居多,后来作家刘恒也在其中。林老将汪曾祺、高晓声、陆文夫、李国文、黄裳、章品镇、林希这些"老派"作家邀集到《北京文学》旗下,李陀则汇结了郑万隆、莫言、马原、余华、苏童、格非、孙甘露等中青年作家。林老的宽厚，李陀的锐利，还有编辑部总体的朴实，三者融汇互补，形成了那个时期《北京文学》的总体风格，受到文坛的更多瞩目。

林老的宽厚，体现在他对同行、对年轻作者、对编辑的态度，他很少与人争执，尽量用包容的视角，看待事物，遇到分歧或者不好回答的问题，他会以爽朗的笑声化解，用机智一带而过。1990年，他离开了主编的岗位。宣布那天，他的内心并不甘愿，他是想继续与我们在一起的，但是他用他惯常的笑接受了现实。

不当主编了，他反而与我们这些昔日的手下接触更为频繁，我便是他家的常客。我经常一个人去看他，每次他开门见我来访，脸上都会洋溢出愉快的笑容。他会拿出威士忌或者白兰地，给我倒满满一杯，自己则斟上小半杯，与我共饮。他谈高尔基和托尔斯泰；谈鲁迅的《故事新编》；或者向我了解新近涌现的年轻作者；或者感叹某位谢世的老作家。他的话题从不涉及《北京文学》的现状，即使我无意中与他说起，他也会一笑岔开话题，或者干脆沉默，然而编辑部有求于他时，他一定会义不容辞。

有一次编辑部请他去湖北讲课，由我陪同，我陪着他到了襄樊大山里的一个培训基地。那时他已到古稀之年，竟然与我们年轻人一起又上了武当山。当然我和学员们是小跑上去的，林老则是散步走上去的，由两位当地的培训老师陪着。当时，林老看着我们这些年轻男女，欢声笑语地从他身边穿过，往山顶跑时，表情有些微妙的变化，那一刻，他是多么希望和我们在一起的呀，但是年龄又让他无法承受剧烈的运动，那一刻他内心的活动，显露了他情绪的变化，既有渴望，又有无奈，既有对岁月和老去的慨叹，又有不肯服输的跃跃欲试。那种丰富而复杂的内心活动，只有我能体会到，尤其现在，当我过了耳顺，觑望悬车之年的时候，我更理解了一个老人的心境。

汪曾祺汪老是最了解他的人，汪老比林老大三岁，可以说是同辈人。在林老辞去《北京文学》主编的那一年，汪老曾为他写过一首打油诗（见《汪曾祺全集》第11卷），表达了文坛老哥俩的真挚情感和知音之交。

戏柬斤澜

编修罢去一身轻，愁听青词诵道经。

几度随时言好事，从今不再误苍生。

文章也读新潮浪，古董唯藏旧酒瓶。

且吃小葱拌豆腐，看他五鼠闹东京。

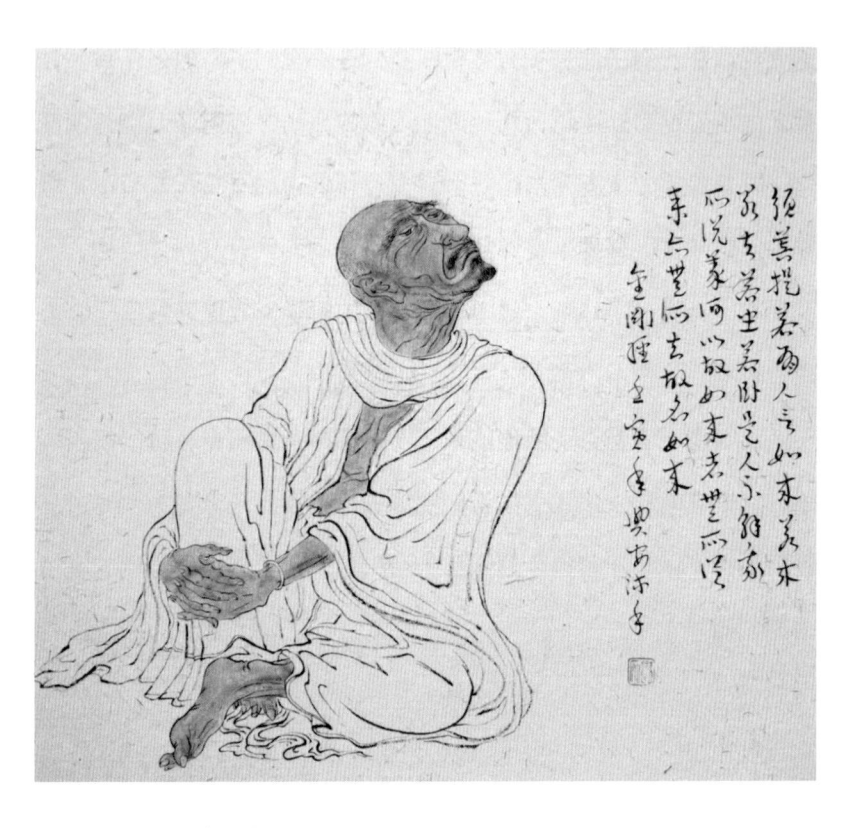

罗汉图之一　纸本设色

观自在菩萨行深般若波罗蜜多时照见五蕴皆空度一切苦厄舍利子色不异空空不异色色即是空空即是色受想行识亦复如是舍利子是诸法空相不生不灭不垢不净不增不减是故空中无色无受想行识无眼耳鼻舌身意无色声香味触法无眼界乃至无意识界无无明亦无无明尽乃至无老死亦无老死尽无苦集灭道无智亦无得以无所得故菩提萨埵依般若波罗蜜多故心无罣碍无罣碍故无有恐怖远离颠倒梦想究竟涅槃三世诸佛依般若波罗蜜多故得阿耨多罗三藐三菩提故知般若波罗蜜多是大神咒是大明咒是无上咒是无等等咒能除一切苦真实不虚故说般若波罗蜜多咒即说咒曰揭谛揭谛波罗揭谛波罗僧揭谛菩提萨婆诃

罗汉图之二　纸本设色

1997年和2009年，两位老人先后辞世，但是在我的感觉里，他们并没有离去，两人的笑貌音容时常在我脑海里浮现，他们签名送给我的书，我会经常找出来翻看，感觉他们是许久不见的长辈，在我无法找见的地方注视着我，并在潜移默化地助推着我，指引着我。

两位都是我崇敬的作家，然而两人身后在文坛和读者中的际遇却让我思考。汪老的作品在文坛和图书市场持续升温发酵，被更多的读者接受，而林老的作品却相对冷清，甚至被人淡忘。这一点，汪老在世的时候就曾为他打抱不平，并专门写评论发声。汪老说："斤澜的小说一下子看不明白，让人觉得陌生。这是他有意为之的。他就是要叫读者陌生，不希望似曾相识。这种做法不但是出于苦心，而且确实是'孤诣'。"评论界认为汪老的小说是"散文化的小说"，而林老的小说是"怪味豆"，是"沉思的老树的精灵"（黄子平语）。我以为两者在语言上的不同追求，就注定了两者在读者中的不同的反应和境遇。汪老的语言是汉语的极度简化，是对"五四"以来的欧化汉语的现代性转换，他在寻找一种中国式的现代汉语的和谐之美，而林老的语言是"反现代性"的，他试图借助方言和语言的陌生化，让汉语重现丰富性和表现力，抵御当下汉语写作中的流俗和平庸。从这一点上来说，两者都是中国当代文学史上重要的文体作家，只是林老的尝试更具悲剧性，但正是这种悲剧性体现出来的精神，让我觉得更"酷"，如汪老所说："冷淡清虚最难做，斤澜珍重。"也如林老所言："我希望我能抓住更多的读者。但是有一点，我还得走我自己的路，换个别的路我不会，我也不干。"这就是林老对文学的倔强和执着。

前几天，重读人文版的《林斤澜文集》，看到他的一段自序，很有意谓。门口超市卖鱼，切段卖。到了傍晚只剩下头和尾巴，有顾客问："中段呢？"三种回答：一，这鱼没长中段，显然是谎言；二，被猫叼走了，属于灾难；三，明天有。第三个真是个绝妙的回答，也恰好表达了林老对生活、对生命，乃至对文学的态度，摒弃"谎言"，绕开"灾难"，期待"明天"。

林老终归是浪漫主义者，其实也是理想主义者。

泪冷霜胡笛

——怀念我的班主任赵杰老师

赵杰老师是我大学四年中三年的班主任，也是我学生生涯中担任班主任时间最长的班主任。得知他不幸病逝的消息，我非常难过。他生前是北京大学外国语学院亚非语言文学系的教授，博士生导师，主要研究满族语言，包括清代满语书面语研究、满汉语言接触、现代满语、锡伯语研究，阿尔泰语系比较语言学理论等，在语言学领域有独特的地位，出版了《现代满语研究》《现代满语与汉语》《满族话与北京话》《东方文化与东亚民族》等十多部著作。我虽然做一些当代文学研究，却很惭愧，对赵老师的专业和研究所知甚少。但我对他的学术成就以及孜孜以求的人生追求，一直充满着敬意。获悉他病逝的消息，悲伤之余，脑海里不断闪现他四十年前的音容笑貌，一个念头不断地提醒着自己，应该为他写一篇纪念文字。可是我想了很久，真是不知从什么地方写起。在我的记忆中，他是一个全身心扑在学习、研究和事业中的人，感觉他几乎没有业余生活，除学术研究之外，几乎没有其他的个人兴趣和爱好。但他真是我记忆最深的班主任之一。

1981年，我从北京六十六中毕业，考上了中央民族学院（中央民族大学的前身）汉语言文学系，据说那一年汉语言文学系在北京只招一名应届毕业生，我幸运地成为这个唯一。我所在的81级只有一个班，四十多名同学。班主任就是因学习成绩优异而提前毕业的77级学长赵杰。第一次班会前，他找我谈话，希望我担任班长，我起初是不大情愿的。我小学时一直是个淘气的学生，上了初中，到了北京，摇身一变成了乖孩子，从初二到高二，我当了四年的班长或团支部书记，还被选为宣武区（现已并入西城区）团委委员。这四年里每一位班主任都对我相当关照和信任，初二的班主任李丽香老师一直到现在我们还有联系，她只比我大几岁，却是一个非常善良、有主见的大姐。四年里有光鲜有快乐，但其实内心挺压抑的，因为那会儿我对自己要求非常严格，甚至到苛刻的程度。所以，上了大学以后，我希望放飞自己，那会儿也确实是中国改革开放、思想解放的好年代。我想做一名普通学生，让自己专心学业和文学的爱好，远离班级工作和对自己的束缚。但是赵老师耐心地说服了我，理由倒不是"当了班长会给将来毕业分配加分"这样众所周知的好处，而是他仔细查看了我的档案和履历，相信我有能力做这个工作。同时，他恳切地希望我支持他的工作，因为他虽然毕业，留校当了老师，但是他想继续学业，报考北京大学的研究生，他希望我能分担一些他的工作。就这样，我一口气儿做了三年的班长。说实在话，这三年我的工作并不是特别尽心，我的心思已经飞走了，我把更多的时间花在了写作、阅读、办校园诗刊，还有谈恋爱上，甚至我还兼职了学校的广播站播音员和总编辑，还做了校演讲团的团长，有时候我真是无暇顾及班级的工作。所以，某种程度上我辜负了赵杰老师对我的信任和托付。其间大概有一次，我打了退堂鼓，感觉到了力不从心，而且有些同学也开始质疑我的工作。这个时候还是赵老师支持了我，鼓励了我，同时在全班级的班长投票选举中，大多数同学把信任票投给了我。

出生于吉林省伊通县城的赵杰老师，十几岁就到农村插队，又在部队当了八年兵，任过排长和分队长，转业后做过工厂领导和政府机关的秘书，1977年恢复高考后，他成了首届大学生，兼任过班长、书记和系学生会主席。这些丰富的社会资历和部队经验足以将我们这个班塑造成一个响当当的有军人作风和严格纪律的集体，但是他没有这样做。他给了我们更多的空间和自由，他认为大学生应该保持自立和独立性，将学业摆在更重要的位置，这当然与他多年的感悟和性格有关。因此，他平时很少过问我们的个人生活，也不大关注我们的思想动态。这种"散养"的管理方式，其实也契合了现代大学教育的管理模式，尤其适应了中国改革开放初期，思想解放的大环境大趋势。现在回想起来，我觉得班级的氛围和风气是好的，尤其是前三年里，大家都相安无事，没有面临毕业分配时的干扰和竞争，有的潜心学业，两耳不闻窗外事；有的热衷于爱情，享受初恋的甜蜜和美好；有的执着于写作，浸染于文学新时期与世界文学的交汇所引发的文学的反思与嬗变；有的热心于体育项目，跑步、踢足球、练体操和打网球；有的沉湎于舞会，学交谊舞和蹦迪……那个时候，班里的多数同学，无论来自五湖四海，也无论来自哪个民族、哪个地区，都能在宽松自在、没有压力的环境中各显所能。各有所得，自由生长。毕业时，有两位同学王海霞、伍先华被推荐上了研究生，前者后来成了国家非物质文化遗产的顶尖专家，后者担任了广西民族大学的副校长。当年班里年龄最小、爱练体操的王茂爱，担任了贵州省委统战部的常务副部长、省侨务办主任。更多的同学成了国内外各个领域的专家、学者和教授。有的成了传媒和出版界的高级记者或编审，有的在基层担任了领导干部，有的经商开辟了自己一片天地。我列举这些只是想说明我们这个班，虽然没有人特别大富大贵，但是他们生活和工作得安稳、喜乐、健康，虽有三位同学（马存斌、姚尚诗、王海霞）英年早逝，但总体没有大起大落。这大概也是赵老师可以安心和欣慰的地方。有一件事必须提一下，就是我们这个当时被学长学弟戏称"不显山不露水"或者"有些平庸"的"八一级"竟然创办了全国高校第一家"音乐茶座"，轰动全系、全校，也引发北京市高校学生的竞相模仿，《中国青年报》专门派记者来，做了一整版的报道，称赞我们是学生自发的"勤工俭学"和"社会实践"的典型，是大学生即将走入社会，学会自立自强，掌握生活技能和社会经验的一个创举。"音乐茶座"虽然是赵杰老师不做班主任之后的事情，但是他追求上进、执着目标、敢想敢干的精神无疑深深地影响了我们。

　　写到这里，本想打住，但有些往事不自觉地被诱发出来，让我无法止笔。1981年我们入学不久，赵杰老师因为要报考北京大学的研究生，经常去北京大学听课，同时也经常带来北京大学那边最新的学术思潮与我们交流。有一次，他专门请来一位美国学者给我们讲"语言的深层结构"。记得他穿着军绿色的中山装，瘦高的身材，头发斑白。我印象中他就是后来在中国语言和文学界鼎鼎大名的乔姆斯基，但是二十多年后，有一次我问起赵杰老师，那次讲课的是不是乔姆斯基，他竟然断然否定了，媒体也报道说，2010年参加第八届生成语言学国际学术研讨会的乔姆斯基是首度访华。我有些失落，但是我始终觉得那个我在二十世纪八十年代见到的美国老头就是乔姆斯基，因为记忆中的那个人与后来照片上的乔姆斯基真的是太像了，就算不是他，我后来读了他的《句法结构》《语言与自由》，还有最近在国内出版的《乔姆斯基精粹》后，感觉就如同真的见过他一样，至少对我来说，第一次知道乔姆斯基，并且至今还在读他的书，这些都与赵杰老师有关。

1984年9月，赵杰老师如愿考取了北京大学的语言学研究生，离开了班主任的岗位，我们班也进入了即将毕业的大四阶段，我虽然继续担任着班长的工作，但是隐隐感觉某种氛围的变化。那就是赵杰老师的离开，让我的"保护伞"没有了。果然，之后，我时常受到系领导的批评。

毕业以后，我与赵杰老师联系很少，多数是在班级聚会或校庆上匆匆聊上几句。后来他援疆去新疆石河子大学担任副校长，之后又挂职到宁夏北方民族大学任副校长。同时，他奔波于国内各地，组织和参加学术研讨，还多次去日本、韩国等学术机构进行访学和交流，所以见面的机会就更少了。后来听说他离了婚，

马汗踏雪泥,大漠白草稀。故人乘骑去,泪冷霜胡笛。 兴安诗并书女儿去了国外,他一个人独自生活,一直到过世。这时,我忽然想起他结婚那年,我和全金玉同学代表全班给他买的礼物,那是一幅油画,一只木船扬帆漂泊在大海上。画面中浪涛滚滚,电闪雷鸣。这是我俩精心挑选的礼物,以表达对他的事业和婚姻一帆风顺的祝福,可现在想来,那只在海浪中孤帆远航的船却成了他人生的写照,更成了他爱情与婚姻的谶兆。这让我陡然心怀愧疚。还有就是我没能更多地与他联络,听取他对我人生和工作的建议。这些都成了永远的遗憾……

最后,我以我在丙申年写的一首旧体诗作为我这篇文章的结语:

马汗踏雪泥,大漠白草稀。

故人乘骑去,泪冷霜胡笛。

我愿与《草原》为伍

我与《草原》的关系,就如同我与草原的关系,虽然相隔遥远,但我心向往之,常常渴望来到她的身边。

二十世纪八十年代中期,我经常来往于北京和呼和浩特。当时,我大学毕业不久,在《北京文学》做编辑,业余写小说,特别想与内蒙古的作家和编辑们建立联系。那时的想法很简单,因为对故乡的特殊情感,我本能地想与家乡的文学刊物和编辑同行亲近,并希望在《北京文学》多为内蒙古的作家刊发作品。当然还有一个小算盘,就是能在《草原》上发表我的小说。(大学期间,我已经在呼和浩特市的文学刊物《山丹》发表了两篇小说《猎人与狗》《维纳河的深思》,责任编辑是作家云晓缨。)

后来,我向作家李悦打听到了《草原》新搬的地址——外文书店大楼的楼上,离我住的地方只隔一条马路。那天,我兴冲冲地赶到外文书店的楼下,当我见到《草原》文学杂志社的挂牌(很小,有可能是用油漆写在墙上的)时,竟然怯步了。我一个编辑也不认识,只凭老乡的一厢情愿而做一个不速之客,人家会搭理我吗?没有单位的介绍证明(那个年代还需要介绍信,连夫妻住店都要结婚证明),生生冒出一个自称北京来的编辑,信不信另说,会很唐突也很尴尬。就这样犹疑着,在楼下徘徊了许久,周边的人看我的眼神都有些异样了,我只好灰溜溜地离去。这便是我第一次拜访《草原》未遂的经历。

后来总结这次尴尬的经历,感觉可能还有一层原因,让我望《草原》而却步,那就是我当时所在的《北京文学》编发的诗歌稿件确实无法与《草原》相提并论,缺少清新和突破性的作品。那几年我经常被诗歌圈的朋友哂笑,我只好顾左右而言他。

到底是什么时间、怎么踏进《草原》的门槛的,我实在想不起来了。只是记住了当时以及后来的几位编辑。印象最深的是李廷舫老师,瘦瘦的身材,有趣的赤峰口音,人很热情,很和蔼,也很幽默。还有诗人赵健雄,散文家尚贵荣,评论家奥奇,小说家白雪林、路远及宋振伟（他是白雪林获得1984年全国短篇小说奖《蓝幽幽的峡谷》的责任编辑）等。那时的《草原》，人才济济，风风火火，尤其是1985年《草原·北中国诗卷》的推出，席卷了全国诗坛。那时内蒙古有两个诗歌重要阵地，一个是《草原》的《北中国诗卷》，另一个是1984年创办的《诗选刊》。全国著名的诗人以及各种流派的诗歌纷纷在这两家刊物亮相，也铸就了两个刊物在中国诗歌界的独特地位。后来的研究者在评价《北中国诗卷》的特点和意义时用了两个词，即多元性和先锋性。没错，这正是二十世纪八十年代中国文学思想解放的成果和特征。但我还要加一句——地域性。因为《北中国诗卷》确实极大地鼓舞和推动了内蒙古诗歌的繁荣。

我印象最深的是成子的系列组诗《你奔腾抑或凝固呢，我的敖鲁古雅河哟》，其中的《保拉坎岩画》《迁徙》《一个鄂温克女人和她的女儿》就是发在《草原》上，而这组诗的另外几首《仰望与怀想》《绿皮火车翻过兴安岭》等刊登在《上海文学》，并获得了那一届的"上海文学奖"。如果说二十世纪八十年代初，内蒙古的鄂温克族作家乌热尔图以连续三届荣膺全国短篇小说奖（鲁迅文学奖的前身）的《一个猎人的恳求》《七叉犄角的公鹿》《琥珀色的篝火》，让读者知道了敖鲁古雅这个只有"邮票"（威廉·福克纳语）大小的地方，那么八十年代中期，成子又以雄浑而又哽咽的《你奔腾抑或凝固呢，我的敖鲁古雅河哟》，令读者重温并记住了这个神奇而富有传说的所在。可惜成子后来几乎从诗坛上消失，作为他的呼伦贝尔老乡和朋友，我为他惋惜和不解。

我终于在《草原》发表了我的一篇小说，名叫《过河》(1988年第11期)。也就是从那时候起，我似乎和《草原》突然间失去了联络。就像小说《过河》里描写的一样。这篇小说其实是我的一个梦。初一时，我在海拉尔一中上学，每天都要和几个同学一起穿过一座桥，到河西的学校上课。冬天，伊敏河水冰封，我们经常为了抄近路，踩着冰面过河。一次，我的一个同学不小心掉进了冰窟里，我能透过厚厚的冰面看见他贴着冰层的脸，冲我神秘地微笑。我试图凿开冰面，可是冰太厚了，我只能眼睁睁地看着那张脸，随着冰下的河水流走消逝。小说大约只有四千字，却是我个人偏爱的一篇作品。《草原》似乎就是这样在我的生活里消失的，就像我的不少作家朋友一样，沉浮或迷离在了二十世纪九十年代的商业大潮中……

重新开始接触《草原》是在2010年以后。2013年，我来呼和浩特给鲁迅文学院作家班内蒙古班学员讲课。下课后，时任《草原》编辑部主任的阿霞主动找我，我也经常去呼和浩特开会、讲课,一来二往接触就多了。

2016年,我受邀参加了《草原》的"鄂托克笔会",那次《草原》请来了好几位国内的文学大腕。这也是我第一次见到久仰的祥夫和阎安兄,由此,我们也成了非常要好的朋友。现如今的一些文学笔会大不如二十世纪八九十年代,有点走过场,起不到笔会的作用。还有笔会一定要有本地的作者参与,这样可以互相交流,同时也能帮助和促进本地作者的创作。这方面"鄂托克笔会"做到了,而且做得很好。

我一直以为作为地方的文学杂志,关注和扶持本地作家是一份责任,但一味地关起门来,自说自话,只会把刊物办得暮气沉沉。当然,过于强调向外看,跟风追名家也会误入歧途。因为外省的名家很难把最好的稿子给你。结果,杂志就可能蜕变成一流名家的二三流作品的接收站。在这点上,《草原》的思路非常明确,以推出和培养本土作家作品为主,兼顾各地名家名作,同时注重发掘新人,以全国名家带动本地作者。这是一个非常聪明和理性的选择,也是富有责任感和使命感的策略。

《草原》这几年的变化有目共睹,散发着清新之气。首先是封面,郭沫若先生为《草原》题写的刊名依然醒目,但是细心的读者会发现,从2020年开始,杂志将之前的印刷体蒙古文刊名改成了蒙古文书法，由著名蒙古族书法家艺如乐图先生题写。在栏目的设置上，在保留《北中国诗卷》这个传统名牌栏目的同时，又更新了《草原骑手》这个栏目，重点扶持和展示"80后""90后""00后"的年轻作家的作品。比如阿塔尔、苏热、渡澜等都相继亮相于这个栏目。其中的阿塔尔就是我推荐给《草原》的。

2017年初，我偶然见到了这位和我女儿一般年龄、还在上大三的蒙古族小伙子。他几乎没有系统地学习过汉语，却令人吃惊地用标准的汉语完成了一篇小说《蕾奥纳的壁炉节》，而且写得有特点有想法。我当时很兴奋，马上转给已经主持《草原》工作的阿霞，没想到她第三天就给我回话，在第4期刊用，并嘱我写一篇评论。由此，我对《草原》的效率和编辑眼光更加刮目相看。小说发表后，马上被《小说选刊》转载，由此，阿塔尔也获得了《草原》文学奖的新人奖。同年二月，他的另一部中篇小说《雪原战争》也由《草原》的《内蒙古小说十二家》栏目推出，我又写了一篇评论《让他们自由疯长》。这篇评论中重点谈了阿塔尔以及渡澜等新近出现的蒙古族年轻作家对民族文化和民族历史的反思和他们所呈现的新的观念和叙事方式。

《内蒙古文学十二家》是近两年推出的栏目，每年推荐十二位在区内外有影响的小说家、散文家和诗人。而"译空间"这个栏目尤其让我感到欣慰，它不分地域地精选刊发用蒙古文创作的翻译作品。很多人可能不知道，母语写作是蒙古族文学的重要组成部分，它包含的作家和作品的数量远远超过用汉语写作的蒙古族作家和作品，而这些作家的作品只有翻译成汉语才能更广泛地被人们阅读和了解。

《新发现》也是个有意思的栏目，它的目标就是在全国范围内发掘文学新人。还有就是《年度诗歌排行榜》的创办和《草原》文学奖奖金制的设立。

我们知道，诗歌在内蒙古当代文学中是强项，各民族诗人如雨后春笋，一批批一代代层出不穷——"科尔沁诗人节"、兴安盟的"诗歌那达慕"、"锡林郭勒草原星空诗歌节"、鄂尔多斯鄂托克旗的"诗歌林"等各种以诗歌为主题的活动，为内蒙古的诗歌注入了新的活力，也使内蒙古诗歌之品牌扬名海内外。《草原》的《年度诗歌排行榜》就是将当年公开发表在全国各大报刊的内蒙古籍诗人的作品进行年终的梳理和总结，也是对内蒙古籍的诗人们在一年中的创作成果的一次表彰和展示。

我曾是国内最早的文学排行榜的策划者。1997年，我参与策划和创办了《中国当代文学最新作品排行榜》（由《北京文学》与中国社会科学院文学研究所当代文学室联合举办），分别有中篇小说、短篇小说、报告文学、散文和诗歌等五个类别。排行榜发布后，引发了国内文坛的轰动和争议。排行榜一直坚持每年评选，至今已经二十二年，可惜后来不知道什么原因砍掉了诗歌的部分，成了一个没有诗歌的中国文学排行榜。而《草原》主办的《年度诗歌排行榜》则立足于本土，服务于本土，不好大喜功，扎实做事，令人称道。

《草原》文学奖已经举办多届，但都没有奖金，从2018年开始设立了比较高的奖金，有小说奖、散文奖、诗歌奖、新人奖和人气奖。关于这个奖，主编阿霞说得好："我们刊物的稿费标准可能比不了《十月》《收获》《北京文学》这些杂志，我们想通过文学奖，来回馈关心和支持我们杂志的作家和诗人们。文学奖和奖金虽然不是评价一部作品的唯一指标，但作家的劳动应该得到尊重和奖赏。"

我清楚地记得那次颁奖典礼的盛况，云南诗人于坚，天津小说家尹学芸，蒙古族作家鲍尔吉·原野、黑鹤、阿塔尔等分别获奖。盛典上，来自全国各地的各民族作家、诗人、编辑和媒体人欢聚一堂，交流情谊、阔论文学，为内蒙古文学的发展出谋划策。现场的一位老作家激动地对我说："内蒙古文学界多年没有这么热闹，这么高朋满座、老中青三代齐聚的场面了。我希望这个文学奖能坚持下去，也希望各级的领导、作家和读者关心和支持这个奖。"

众所周知，2000年以来，文学杂志越来越多地离开了公众的视

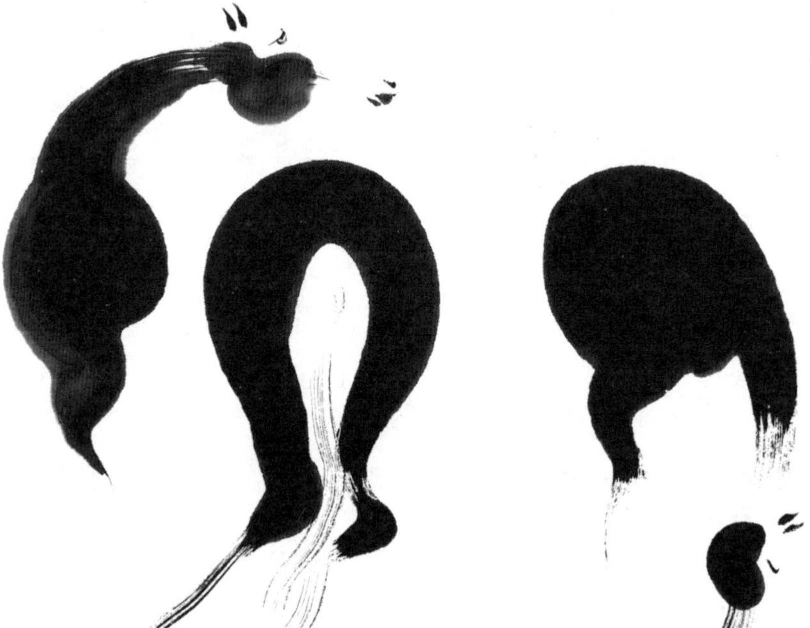

为 2020 年贺《草原》创刊七十周年所绘　纸本水墨

野，而政府对杂志的财政投入却达到了历史最高点。我做了十五年（1985～2000）的文学杂志编辑，深知文学杂志生存的不易。记得二十世纪九十年代后期，我在《北京文学》任副主编的时候，最紧迫的工作，不是约稿、编稿和审稿，而是忧心于员工的工资和办刊经费。为了几千块钱的赞助款和广告费，我不得不与企业的大小老板应酬，常常讨醉而归。现在回忆起来，依然心有余悸。这二十年来，随着国家对文学刊物的高调投入，每年的经费几乎花不完，好处当然是大幅度地提高了作家的稿费，使很多作家能够凭写作和稿费的收入维持生活，但是作家的创作质量和水平由此提高了多少呢？又有多少读者在阅读或订阅文学杂志？我们心里都很清楚。关键的是我感觉不少办刊人失去了对文学和办刊的热情和长远的目标。这挺让人难过的。而《草原》在这种大环境下，经费并不充足，但我为他们对文学的初心、办好刊物的激情和使命感而感动。他们这个团队都还年轻，而文学和文学杂志恰恰需要在这些有朝气的年轻人手中获得新的可能，新的变化和发展。所以，我由衷地对他们抱以希望，也愿意与他们为伍，支持他们，为家乡的文学事业做一点微薄的贡献。

阿霞与她的草原

阿霞，我们内蒙古人很少用这样的名字。问了本人才知道是俄罗斯作家屠格涅夫给起的笔名，源自他著名的中篇小说《阿霞》（我也非常喜欢这个有蒙古血统的老头儿）。后来这个笔名被人们叫得忘记了她的真名——贾翠霞。

第一次见阿霞是在内蒙古文化圈的大聚会上，应该是十年前，她与一个舞者表演了一支圆舞曲，惊艳了在场的人。我问身旁的好友路远，美女何人？他目不转睛地答我"《草原》的编辑"。我由此记住了她。

差不多一年后，我来呼和浩特给鲁迅文学院作家班内蒙古班学员讲课。下课后，阿霞主动找我，说她正在做一组国内作家的访谈，要我推荐几位著名作家。那时她已是编辑部主任，态度诚恳，容貌又姣好，我当然义不容辞。之后她来北京，在鲁迅文学院主编高级研修班学习，我又经常去呼和浩特开会、讲课，这样我们见面的机会就多了。2016年，我受她之邀参加了《草原》的"鄂托克笔会"，她严谨细致的工作作风，随和热情的待人方式，让我记忆深刻。那次会她请来了好几个文坛大腕——小说家王祥夫，诗人阎安、雷平阳，三个鲁迅文学奖获得者，还有散文家鲍尔吉·原野（他不久也成了鲁迅文学奖的赢家）。那真是一次愉快之旅，有一个场景颇具象征意义，我们与会的所有人，在一条宽阔的草原公路上，两边是一簇簇高扬的芨芨草。我们时而坐在地上背靠背，时而大踏步地往前行走，没有长幼之序，没有编辑与作家之分，也没有名家与新人之别，只朝着一个方向，每个人的脸上都洋溢着天真与喜悦。至于前方是什么，我们谁都不去想。这便是我心目中理想的文学聚会，让我想起了我们年轻的八十年代。那时候的阿霞可能只有七八岁，而此刻，我们这些老家伙已经被她以文学的名义撒在这片空旷的草原上，变得和她一样年轻。

说起阿霞，还得聊聊"十闺蜜"，这是呼和浩特文学圈的一道风景。十个人平时不易凑齐，一旦全体出动，那肯定是遇上大日子了。所以，我与她们聚过多次，几乎没有一次齐全的时候。但是阿霞永远都在,她也逐渐成为她们的核心之一。

十闺蜜的身份多与文学相关,有写小说的,有写散文的,有诗人,有记者,有编辑,有大学教授,都是响当当的人物。年龄从"60后"到"80后",民族有汉、蒙古、鄂温克。在这座多民族、多元文化共存的青色之城,她们彼此帮衬,互为绿叶,民主而平等,组合成了一丛让人艳羡的草原姊妹之花。

如果认识了全部的十闺蜜,再单独约会其中的某个人是要犯众怒的。这句话不是她们告诫我的,而是我给自己定的规矩。但我还是被单独接见了一次,对方就是阿霞。她那时已经是《草原》的副主编,主持工作。她知道我在《北京文学》当了十五年编辑,做了四年副主编,后来一直做文学出版,并且还算个过得去的文学评论家。我们在一家布里亚特蒙古餐厅专心地聊天。我当然毫无保留地给她建议和主意,因为我知道一个文学杂志的主编,他(她)对文学的影响和作用是非常重要的,尤其是地方的文学杂志,它会影响这一地方的文学趣味和品质。有多少年轻的写作者需要被它发现和正视,又有多少初学写作的人因为被疏离被遮蔽而放弃文学梦想。我隐隐地感觉《草原》的好日子要来了。她却说出了她的顾虑:"我们《草原》的历任主编都是著名的诗人和作家,而我只写过几篇小文章,这会不会影响我的感召力?"我告诉她很多大刊的主编都不是作家,《十月》的陈东捷,《收获》的前任主编李小林,包括《当代》的主编孔令燕,但这丝毫不影响他们办好杂志,并受到作家的尊敬。我以为主编应该是一个好的管理者和谋划者,要有牺牲精神,他(她)的工作是组织和激发手下的编辑,并依靠和信任他们去做好各自的工作,而作家型的主编,反倒比较难客观地对待一部稿子,个人喜好、审美趣味和所谓立场都会影响他(她)的判断和选择。在这一点上,我相信阿霞应该是最合适的一个主编。常有人问,一个文学杂志的主编,他(她)最重要的品质是什么?当然是眼光,但这远远不够,还要没有私心,没有了私心,他(她)才会做到公允和客观,还有就是热情。这些年,我观文学杂志,感觉真的少了热情,办刊人没了激情,杂志缺少生气,按部就班、循规蹈矩、十年如一日。我一直以为主编的岗位不只是一份工作,更是一种事业和责任。他(她)不应只是文坛的风向标,而应该是文学走向的策动者和推手。通过这么多年与阿霞的接触,我在她的身上发现了这些品质:眼光、热情、宽容,没有私心,很有责任感。

可是,不久她就生了二孩,隐居家中。我听闻后有些困惑,此时正是她大显身手的时候,却为孩子所绊。但是,半年后,她又出山了,并正式出任主编。仿佛就是因为这半年的能量积蓄,她的热情和干劲如火山般喷发。她上任后面临的首要工作就是《草原》七十周年大庆。七十年是一个人进入老年的门槛,而对一个杂志,它可能是承前启后,继往开来的节点。七十岁的《草原》迎来了四十岁出头的年轻女主编,它注定有不凡的意义。我在想,纪念是什么,不就是向历史致敬,向前辈致敬,然后寻找和摸索出一条未来之路?今年很多杂志都在纪念七十年,这或许也预示着中国当代文学在走过七十年后,需要总结,需要重整旗鼓,再次出发,再创辉煌。此时的阿霞忙坏了,她要组建纪录片摄制团队,记录作家们的声音和影像;她要收集自创刊以来所有的《草原》杂志,梳理《草原》的历史和发展;她要举办两年一届的《草原》文学奖;她要筹备盛大的《草原》七十周年纪念庆典等。最近几个月来,她带领她的团队每天都要工作至晚上八九点。而回到家她还要安抚两个孩子入睡。她说:"我为什么要再生一个?我希望我的儿子有一个妹妹或者弟弟,这样他们就会在我不在身边的时候互为陪伴,"沉吟片刻,"现在好了,我可以更专心地做好《草原》了。"一边是家庭、孩子,另一边是工作和《草原》,两者全不含糊。我终于明白,她是一个母亲,和普通人一样,她要让她的孩子健康成长;她还是主编,这是她上任时对领导和作家们的承诺。一小一大,一里一外,构成了她完整的多彩人生。她能把两者井然有序地融合到一起,互不影响,互为动力,哪怕自己多受些累,也是值得的。

旱季中的蒙古马　纸本水墨

纸醉金迷系列之一　白马　金卡设色

天性如此

其实让我对阿霞最有感触的是另一件不大不小的事情。都说患难见真情,而对一个离世者的态度,更能说明生者的境界和善心。2019年4月,作家荆永鸣因心脏病突发故去,周围的朋友既意外又感到可惜和悲伤。那两三年我经历了多个朋友的突然离去。作家红柯、那耘、老友鲍洪飞……都是特别近的朋友,我的心绪一直处于既悲伤又恐惧的状态中。我甚至开始抵触告别仪式,我已经承受不了那种场面和氛围,但是永鸣的告别仪式我必须参加,这不仅仅是因为这么多年我常去他所在的房山区良乡的家对酒畅谈,更多的是因为他的为人与为文。永鸣是中国煤矿作协的副主席,内蒙古赤峰市作协主席,又是北京作家协会的理事,身兼三个作协的职务,我常笑说他脚踩三只船。后来我才理解他。他的文学成绩和影响已经可以不必依附于哪个组织,借此提升自己的名气和地位。但他是个善良的人,内蒙古赤峰是他的故乡,是他文学起步的初点和依托;北京是他现在的居住地,也是给他创作最多荣誉的地方,而煤矿又是他最热爱的工作,三个地方他都不好取舍,因为在他创作的各个时期,彼此之间建立了很深的感情。他需要它们,难道它们不也更需要他吗?永鸣是个重情重义的人,也正是因为这一点,阿霞作为内蒙古唯一的省级汉语文学杂志的主持者,也作为好朋友,从四五百公里外的呼和浩特赶来与他做最后的告别。她可以不来,用电话或微信表达一下哀思，但是她毫不犹豫地来了。那天，据说她乘坐的飞机是晚上九点多，因为延误凌晨四点才飞临北京。早上六点又奔赴几十公里外的良乡，她几乎一夜没有合眼。仪式结束，我和她打招呼，见她面色倦怠，眼睛由于悲伤而湿润泛红。我想请她吃个饭，她却说要赶到国家图书馆，查阅《草原》杂志的创刊号以及早年的样刊，为七十周年大庆采集资料。于是，我们匆匆而别。

我有时候感觉，参加一个死者的告别或葬礼，很多时候是给生者看的，但阿霞不是，她是对文学和作者的一种本能的敬重与感激，以及对一位好兄长的情义与不舍。一个人的离去就意味着一切的终结，我们传统的对逝者的尊重已经简化到令人伤怀的地步。而作为服务了一生的单位对待他们的后事往往如同除名一样干脆，让人心冷。在今年的《草原》文学评奖中，阿霞力主将"特别奖"颁给永鸣，并邀请他的女儿专程来领奖，这一建议得到了评委们的一致支持。永鸣兄应该会感到安慰，因为，在我的心里，这个奖可能比他曾经渴望的"鲁迅文学奖"更有意义。

关于阿霞的工作实际，我已经写在《我愿与〈草原〉为伍》这篇文章里了，就不再赘述。总之，阿霞是个非常善良的人，乐于助人，尊敬长辈，关心后人，勤于工作，勇于创新。这些就足以让我向她表达敬意，并抱以期待。最后，愿《草原》越办越好。

一本书，一场七个月的展览
——为《北京青年报》而作

做了三十多年出版人，反倒对自己出书没有特别的兴致。但终于有一天我被读者感动了。山东有个书友会，某天寄来一箱子我多年前主编的年度小说选和我写的散文集《伴酒一生》，请我签名，还从网上下载了我画的"马"制成两本小画册，寄给我，说一本留给我，一本签好名寄给他。

作家写书总是希望有人看的，如果有几个远方的不曾与你相识的读者，一直默默地关注你，读你的作品，看你画的画，你如何不被感动？至此，我下了决心，精心做一本书，为读者，也为我自己。这就是2019年12月面世的《在碎片中寻找》。我在国际文化交流艺术馆举行了首发式，并与我的水墨作品一起展出。2020年1月11

日，首发式暨水墨艺术展隆重举行，来了很多朋友和读者，恕我不在此一一介绍，因为都是大名鼎鼎的人物。我只想说说四个人。一个是刘恒，他是我三十多年的同事和兄长。那天他身体不适，而且很少参与这类热闹，但他因为我来了。他属马，对我画的马格外关注。我在二十世纪八九十年代写小说和电视剧时，他给过我逐字逐句的指教，是个非常认真且有耐性的人。第二位是我北京六十六中初二时的班主任李丽香。她比我大不了几岁，但却是我记忆最深的老师之一。我那时刚从内蒙古来北京不久，十五六岁，世界观还没有形成，幼稚且无知，但是她一直鼓励我，帮助我，使我逐步有了自信，还选我当了班长。我们的重新见面也很有机缘，她恰好住在我父母家的对门，三十多年后竟偶然间在小区里重逢，彼此却没有生分。那天她在现场接受了媒体采访，对我的夸赞让我脸红，她是真心以我是她的学生为荣。第三位是西川。这个家伙没有微信，连手机都还没有智能化。我以为他收不到我的邀请，所以我没指望他会来。但是他在会议刚刚开始的时候，俯着高大的身形，悄悄踱进来。他看了我的马，表扬我说几日不见当刮目相看。西川就是这种给你意外的朋友。还有一位是著名的斯琴高娃老师，她没能来参加首发式，但她给我发来一条微信："兴安……你所说的碎片，其实那是你的心，你的点点滴滴，到哪里哪里就会明亮，就会有色彩。"她是我同族的大姐,对我的书和绘画的理解,让我的创作有了依靠和缘由,这是民族身份带给我们的得天独厚的自豪感。

可惜首发式一结束,新冠疫情就笼罩了北京。记得大年初一的晚上,我从母亲那里独自回来,街头空寂无人,四下里弥漫着一种莫名的紧张氛围。我的画展也闭馆了,我的那些"马"被关在了艺术馆里。六月,状况有些好转,观众测温后方可进入展馆,但不久又有反弹,展馆再次关闭,直到八月重新开放。我来到展馆,看着我那些被隔离了七个月的"马"们,有一种劫后余生、恍若隔世的苍凉感。艺术馆门前的巨大红色横幅"在碎片中寻找:兴安新书首发式暨水墨艺术展",安立如故没有褪色。

艺术馆紧邻中国作家协会,也是进入作协机关的必经之路,所以总有作家朋友发来各种角度拍摄的这条横幅的照片。作家鲁敏(她那时在北京挂职)发来图片说:"时间最长的展览,天天上班看见。"作家徐坤也发来微信和图片:"疫情这么严重,你的展览居然还挺立风中,牛。"艺术馆馆长洪和文发来感慨:"展览见证了历史上的重大事件,有这些强壮的马保佑,我们一定会平安。这些作品有了特殊价值,想必中国没有一个艺术家,能用作品和展览抵抗疫情,坚持到现在。"

展览终于在八月底落下帷幕,历时七个多月,书的活动却依然继续。五月、九月、十一月、十二月，我分别在内蒙古包头、我的故乡呼伦贝尔，还有杭州的纯真年代书吧、北京雍和书庭举行了四次读者分享会，大约有近二百人参加了活动。最让我感动的是在呼伦贝尔龙凤新天地的那一场，亲朋好友都来助兴。我叔叔拿着我的书，讲了一段我小时候的糗事。他说："我的侄子从小非常淘气，有过一个震惊全校的'理想'——当校长的爷爷。"这个经历我几乎忘记，他重新翻出来，引来一片笑声。那是我小学二年级时的事情：自习课，老师留了作业，用"理想"这个词造句。我和几个同学一起比谁造得离奇大胆，有当班主任的，有当校长的，有当飞行员的，我就写了我的理想是当校长的爷爷。本来打算下课之前改成我的理想是当工人或者解放军之类，结果忘得一干二净，交了作业。后果可想而知。

多年后我琢磨，我无意中给自己树立了一个多么难的理想啊，因为它不现实，也不由自己作主。但是这件事，教会了我一个道理，理想不是儿戏，绝不能随心所欲。

2020年终于过去，我用我的一本书和一次漫长的展览，让我在2020年没有沉沦和沮丧，并且经历了那么多让我感动的瞬间。

独立鸣萧萧　纸本水墨

"近古而远今"

——在"落墨有声:当代五十位中青年作家书画展"上的讲话

这次展览,体现了中国作家书画的整体水准,它既是一次集中展示,也是一次梳理和总结。作家和作品的选择既全面完整,又有代表性,是中国作家书画艺术的精华,展现了近十年来中国作家、中国文人书画的进步和发展。

中国书法和绘画是中国传统文化的精神形式,是"象征资本",也是中国文人存在和表达的方式。公元二三世纪,文人参与书写活动,并领导了汉字书写活动,发展成为独特的艺术。十一世纪末,苏轼提出文人艺术理论,到明朝董其昌建立了"文人画"传统。

文人画或者说作家绘画,区别于职业绘画的最重要的一点,是非功利的性质。苏轼说："能文不求举，善画不求售。"董其昌讲："以画为寄，以画为乐。"试想一下，中国绘画如果没有文人的加持，没有苏轼、没有赵孟頫、没有徐渭、没有八大山人、没有石涛和扬州八怪、没有吴昌硕，那将是何等单调。

曾经有人说，不会书法的文人几乎不是文人，这个我们存疑，但是下一句我坚信非常正确——书法如果离开文人必将枯萎。

当下文人画或者作家绘画的发展，我以为应该在继承传统的同时，更多融入当代的因素和当代意识，比如我画马，但其实我更希望马只是我的一种抽象或者具象的形式，我必须与当下流行的马的图式划清距离，就是所谓"近古而远今"。近古，就是要知道我们从哪里出发，从哪里获取资源；远今，就是远离当下的一种普遍的、固化的、模式化的图式，寻找一种新的形式和表达。

最近我在临王羲之的《十七帖》，感悟很多，之前临赵孟頫的都没有这种感受。作家写书法当然要临帖，我之前也是临了很多帖，但是当我临《十七帖》的时候，真正感觉到了难度，也感受到中国书法的奥妙和神秘。我们必须保持对书法的敬意、虔诚、认真、持久的态度，探究其中的法度和境界，这样或许我们才有真正的收获，也才有可能真正继承和发扬我们传统的书法艺术，也才能真正建立作家书法的独立性，由此与专业书家比肩而立，甚至超越。

马背上的骄傲

——"意象世界多彩中国"：
国际微型艺术大展蒙古族作品展前言

在世界历史上，蒙古族有着辉煌的历史，建立了横跨亚欧的蒙古帝国，打通了东西方物质与文化的交流。美国历史学家威泽弗德说："蒙古帝国的建立为今日世界的形成奠定了基础。"

蒙古族艺术可以追溯至远古，而十三世纪蒙古各部的统一以及向外的扩张和交流，使其受到了世界各地艺术的影响。油画是蒙古族艺术最有影响的创作形式，出现了妥木斯、朝戈等大师级的艺术家；"哲里木"版画至今影响深远。早在元代就有蒙古族艺术家进行水墨创作；蒙古文是世界上唯一站立的文字，它是拼音文字，却有象形性，适合书法创作，近十几年来蒙古文书法人才空前壮大，入选了国家级非物质文化遗产代表性项目名录。民间手工艺则更多取材于蒙古族的生活方式与生存环境，如皮画、木雕、石雕、刺绣，以及金属和毡房艺术等，还有流传至今的萨满艺术。这些民间艺术已经融汇到蒙古族当代艺术的创作之中。此外还有摄影、装置等富有当代意味的创作形式。

这次参展的艺术家，大多来自内蒙古，也有北京和其他省市的蒙古族。其中以专业者居多，也有跨界人士。一个只有 10×12 厘米的空间，或许很难表达宏大的主题，但它却是一个舞台，在有限的空间展示蒙古族当代艺术，表现蒙古族丰富多彩的生活。

我以为，在这么小的尺寸创作一幅作品，其实就是希望艺术家用自己的语言，向世界发出自己独特的嗓音。因此，展览已经超越了艺术本身，而更像是一场多声部的合唱，共同向世界展现蒙古民族的历史和现实、忧伤与骄傲。

我印象最深的一幅作品是苏力德的油画《回忆》，一只手伸向飘雪的空中，雪花落在手掌上。羊在雪中寻找着主人。手在严寒中红润坚实，雪花融化在掌心里却预示着温暖。让人感动的是，画这幅画的手就是曾经放过羊群并把自己童年的手伸向天空的手。我要把这只手看作是蒙古族的象征，它向世界伸出了善良、美好和纯真的手，迎接那些同样善良、美好和纯真的人们，而和平温暖的世界就是由这一双双手连接环抱而成。

今天,我们都是科尔沁

——在 2020 年"科尔沁版画艺术节"及全国诗人诗画邀请展上的致词

科尔沁,版画之乡,诗人的家园,爱与美的草原之城。我们相聚于此,诗画是我们的礼物。

古人说,诗中有画,画中有诗。诗人之画,由文字描摹、诗句点染而成,所以,我们追求的不是绘画本身,而是画外的诗意。画内之形可寻,画外之境难求,它需要品位、学识、才华和性情的支点。这是中国文人画的准则,也是诗人绘画的实质。诗一句见其心,画一笔得其性。诗人与绘画的结缘是诗歌的幸事,更是绘画的幸运。

每个人的童年都有绘画之梦,正如人类的童年,那些岩画中的人和马，还有神灵，哪怕是符号甚或涂鸦，都是我们对陌生世界的观看角度。当我们步入中年或者老年，当我们成为诗人或者作家，绘画又重新占据我们的身心，这种由简入繁，再回到简的过程，是生命的一个轮回，但诗是我们的航标，它指引我们回到人类最原始的野性，穿透语言，回归图像。

海子以梦为马，奔走在诗歌的太空；古人梦笔生花，挥洒于书画的大地。科尔沁，传说中的弓箭手，信念为弓，勇敢为箭，目标就掌握在了自己手里。今天，我们都是科尔沁，诗为弓，画为箭，梦想就在我们的心中。

让我们再次出发，以梦为马，梦笔生花。

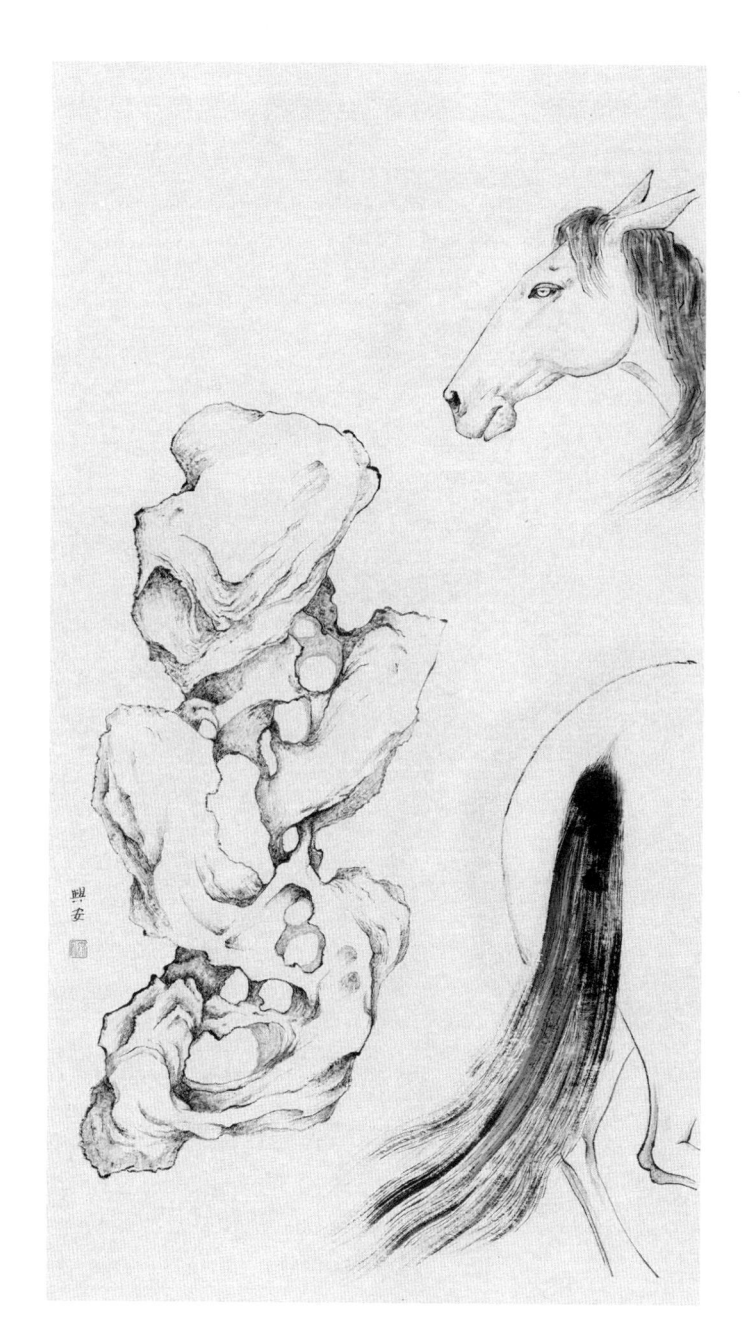

奇石供马图　纸上水墨

设得兰矮种马　纸本设色

爱尔兰吉普赛挽马　纸本设色

我依然热爱着文学
——散文集《在碎片中寻找》后记

当了三十多年的编辑,也做了近四十年的写作者,却懒于为自己编一本书。想起来有些羞愧。回首自己写过的文字,竟然拉拉杂杂有近百万字,有评论、散文、小说,还有旧体诗。小说写作早已放弃,评论和散文却一直伴随于我,成了我表达和诉说的两个重要出口。旧体诗则多是我在画画的间歇,在我的乡村小院,触景生情,意出笔端,写下的题画诗,虽自觉有些句子不全合乎章法,但从未嫌弃,也从来没有想过放弃。这便是我近些年的写作状态。

收录在这本集子中的散文是我几年来生活与经验的佐证,也是在那本羞于示人的《伴酒一生》之后我出版的第三部散文集,篇目偶有重复,但多数是新作。书由三部分构成:第一部分是我对故土、对山川风物的观察和感怀。第二部分是我对当代国内几位作家和艺术家的回忆及印象。与他们的相识和交往,是我人生的一个幸事,让我虽然没有写(画)出他们那样惊世骇俗的文字(绘画),却随时提醒自己,他们其实就在身边,鞭策着我。第三部分是我对文学与艺术、社会与生活的亲历和感悟。

五年前,我开始了水墨艺术创作,其实应该说是重新拾起了画笔,延续了我少年时中断的绘画之梦,并在中国现代文学馆举办了"白马照夜明,青山无古今:兴安水墨艺术展"。当有人问我为什么突然想起画画时,我曾回答说:"绘画比文字更能准确表达我的内心。"但是我深知,文学永远是我的后盾。它打开了我绘画的新视野,给了我丰厚的滋养和根基,也给了我创新的勇气和胆量。如果绘画是一颗美味的果实,那么文学便是一棵参天大树。我就是攀缘在树杈上的一个懵懂少年,当我两鬓斑白的时候,我终于摘到了那颗果实。所以,我感恩文学,同时也惊喜于文学与绘画之间神奇的关联,以及彼此交汇而产生的巨大的能量。

总之,无论如何,我依然热爱着文学。

最后,我感谢我的母亲,她一直以来,将发表有我文章的报纸或杂志小心地保存起来,登记在册,并且经常给我提出一些建议。还要感谢我的妻子骆庆,她几乎是我的第一个读者,给我很多鼓励和支持。还要感谢多年以来所有关心我写作的老师和朋友们,他们是我出版这本书的缘由和动力。